suncolor

suncolor

戀愛論序說

佐野洋子
Yoko Sano

詹慕如—譯

suncolor
三采文化

目次

孩子的季節

六歳

冬

我吃完午飯後到外面去，小健蹲在相思樹下，收集樹葉。小健穿著白色水手服。小健收集著那些掉下來的、有點變黃的葉子。

小健明明很輕地拿起相思樹的葉莖，但葉子生病了，一片片掉了下來。

我知道其實小健想找更好的葉子，所以跳起來拉住最下面那根樹枝，把樹枝用力往下拉。

「謝謝。」

小健從樹枝上摘下好幾片漂亮的青綠色葉子，然後說：「可以了。」

我鬆開手上的樹枝。

樹枝噔的一聲又回到原本位置時，相思樹枝的刺刮到了我的手心。手心上出現一條紅色、直直的細線，一陣一陣刺痛。

我希望小健不要發現，所以露出沒事的表情，但是小健什麼都知道。

「很痛嗎？」

小健問。

「才不痛呢。」

我說。

「洋子妳好像男生喔。」

我沒有說話。

小健不跟大家一起玩，一個人在比較遠的地方看著大家的時候，我心裡一直想當小健的新娘子。

但是我一年級、小健五歲，所以小健應該不會要我當他的新娘子吧。

我和小健在相思樹下用新摘的綠色葉子玩ㄅㄆㄇㄈㄉㄊㄋㄌ。

小健把最上面的葉子撕成一半，當作自己的葉子。我把最下面的葉子撕成一半，當成我的葉子。

我把「ㄅㄆㄇㄈㄉㄊㄋㄌ」的「ㄌ」那片葉子撕了丟掉。

ㄅㄆㄇㄈㄉㄊㄋㄌ，ㄅㄆㄇㄈㄉㄊㄋㄌ，我覺得小健的葉子應該要變成「ㄌ」才可以。

小健用他細細的手指數著。

「ㄅㄆㄇㄈㄉㄊㄋㄌ」，我的葉子變成「ㄌ」，小健把我的葉子撕了丟掉。

「贏了！我贏了。」

「再一次！」我又拿了一片小健排的相思樹葉子。「這次換我在最前面了。」

這時候，三年級的小宏剛好經過，搥了小健的頭一記，說：「你變態，跟女生玩。」然後走掉了。

小健的臉變紅，一動也不動。然後他的眼淚嘩啦啦地掉下來，說：「我要回家了。」站了起來。

我什麼也沒說，靜靜地看著小健身穿白色水手服的背影。

小健從塗著白色油漆的玄關走進他家。

隔壁的敏子跟我玩搶地盤的時候作弊。

「啊！妳作弊！」

「我才沒有！」

敏子面不改色地用粉筆把陣地畫成自己的。

「這是作弊吧？」
我推了敏子一把。
「妳幹什麼啦！」
敏子抓住我的頭髮，把我摔倒在地上。
我咬了敏子的肚子。
「咿！」敏子的腳不斷地踢著，大哭了起來。我緊緊地咬住敏子的肚子，但是不小心一滑，只咬到敏子的內褲。
在對面踢罐子的小宏他們湊了過來起鬨。「哇！超厲害的！繼續啊！再繼續啊！」
敏子叫著：「媽！洋子咬我！」大聲哭著走回家去。
「作弊！作弊！敏子愛作弊！」
我對敏子大聲吼。
小健從遠遠的地方一直盯著我看。
我的胸口就像被相思樹的樹枝刮到一樣，有點刺痛。

在那之後不久，日本就開始打仗了。因為打輸了，我再也不去上學。爸爸也不去公司了。

小健的爸爸去打仗之後就沒有回來了。

我的學校變成中國小孩的學校。

有很多俄羅斯人的軍隊來了。

我們一看到俄羅斯人就會趕快跑進家裡，把門鎖起來。

後來，就算俄羅斯人來了，我們也不再躲進家裡，而是站在相思樹下看那些俄羅斯人。

俄羅斯人身上帶著三、四個錶。

我打量那些俄羅斯人時，小健偷偷從家裡的窗戶看著俄羅斯人。

我走到小健家的窗戶下，說：「沒什麼可怕的啊。」

小健說：「因為洋子很強啊。」

我覺得很難為情。

冬天到了。

爸爸一整天都在家裡。

他抱著我靠在俄羅斯暖爐上，看了很多書。

下雪了。

爸爸拆了溜冰鞋，替我做了雪橇，在小小的木盒下裝上溜冰鞋亮晶晶的五金零件，還在木盒上綁了紅色繩子。

「爸爸，日本也會下雪嗎？」

「不會下這麼多。」

「爸爸，回日本之後你會去公司嗎？」

「會啊。」

「日本也有俄羅斯人嗎？」

「日本沒有。」

「爸爸，小健的爸爸會回來嗎？」

「會回來的。」

「但是如果他在小健回日本之後才回來就糟糕了。」
「他爸爸可能已經先回日本了啊。」
「小健的媽媽生病了，她還能回日本嗎？」
「可能小健會先回去吧。」
「他可以跟我們一起回去嗎？」
「不知道。好了，到門口馬路去滑滑看吧。」
我去叫隔壁的敏子。
敏子看著我的雪橇。
「好厲害喔，我也可以坐坐看嗎？」
「好，但是我先。」
敏子和我拉著紅色繩子，爬到家門前有兩排相思樹的大馬路的山坡上。
小宏他們正在山坡上丟雪球。
敏子對小宏他們大叫。
「丟雪球玩真無聊！」

小宏他們看到我的雪橇，不再丟雪球玩，都跑過來看。

「好厲害喔，這是誰的？」

「我們的，對吧？」

敏子說。

「是我的。」

我說。

「借我。」小宏搶過紅色繩子，把雪橇拿走。

然後他蹲在雪橇上說著：「讓開讓開，撞到我不管喔！」

他開始往前滑。

雪橇在坡道上滑。明明是從馬路正中央開始滑，但是雪橇卻開始轉彎，停不下來。

最後撞到坡道下的相思樹，小宏從雪橇裡摔出來。

我們趕快跑到小宏身邊對他說：「還來啦！」

小宏全身沾滿了雪。

「這什麼爛東西嘛！」踢了雪橇一腳。

我和敏子之後一直在玩雪橇。

敏子今天都對我很好。

天黑了，我跟敏子說再見。我經過小健家門前，小健正從窗內看著外面。

「小健，你想坐雪橇嗎？」

「很可怕嗎？」

「不可怕啊，明天一起玩吧？」

「好。」

小健關上雙層窗上的小玻璃窗，一邊對我說：「我們要回內地了。」

「什麼時候？」

「下星期二。」

「喔。」

小健鎖上玻璃窗。

雪一直下一直下。

我在睡覺，周圍一片漆黑。

偶爾會聽到俄羅斯軍隊走過時唰唰唰的腳步聲。

小健來找我玩。

外面還在下雪，所以小健頭上也積了一點雪。

走到小健身邊覺得很冷，稍微分開一點就不太冷，再走到他身邊又覺得冷。分開就不冷。

等到我再也不冷，小健就變成普通的人。

小健帶了蠟筆盒來。

「這個我不能帶走，給妳。」

打開盒蓋，裡面整齊排列著只用過一點點、連包裝紙都還沒破掉的蠟筆。

只有白色用了很多。

我的蠟筆斷了很多根，紅色只剩下一點點。我都不用白色。

我和小健一起畫畫。
小健用白色蠟筆在白紙上拚命畫畫。
我看不出他在畫什麼。
畫在全白紙上全白色的畫。
只有小健看得懂的白色圖畫。
「畫好了。要像這樣把臉靠近桌子看。」
小健把臉頰緊貼在桌上，側眼看著紙。
我也學他。
看見了。下著雪，有一個白色女生跟一個白色男生。
「那是誰？」
「這是我。」
「女生呢？」
「新娘子。」
「喔。」

好漂亮的雪白色新娘子。

雪白的小健。

小健留下那張白色的畫和蠟筆回家了。

第二天，小健跟他媽媽來向我們說再見。外面下了很多很多雪。

小健穿著胸口繡著名牌的大衣。

媽媽和小健媽媽都在哭。

小健看起來很不好意思。

我和小健一起在外面等小健媽媽出來。

雪一直下。一直下在我和小健頭上。外面是一片雪白色。

我把雪蓋在小健身上。

小健也把雪蓋在我身上。

小健變白了。

我也變白了。我們又蓋了更多更多雪。

啊，好像昨天那張畫，那張白紙上的白色圖畫。

那時候，俄羅斯軍隊從我們對面唰唰唰地走過來。

小健急忙躲在我身後。

「Khorosho！」

我大聲對俄羅斯人說。

俄羅斯人用他們很大的手摸摸我的頭。

然後對我笑。

真噁心。

俄羅斯人唰唰唰地走了。

「洋子妳真的很強。等回到日本、我長大以後，要不要當我的新娘子？妳很強，可以保護我嗎？」

我的胸口像被相思樹樹枝刮到的手一樣痛。

我沒有說話。

媽媽出來了。

小健跟他媽媽牽著手走了。

雪一直下。

到了晚上，我從窗戶看著外面。有的房子的燈關掉了。是小健家。

小健家已經沒有人了。

旁邊的旁邊的房子也一片漆黑。

那個房子只住著老爺爺跟老奶奶。

小健搭上撤退的船回日本去了。

敏子家明天也要搭船回去。

爸爸和媽媽在大後背包裡塞滿了很多東西、又拿出來。我們也準備好隨時可以回去，但是不知道什麼時候才能回去。

爸爸把很多東西放進俄羅斯暖爐燒。書也燒了。因為沒有書，所以書箱也燒掉了。唱片也燒了。

媽媽每天到廣場去賣衣服。但是很快就沒有東西可以賣了。媽媽把我過節穿的和服也賣了。

我們終於可以回日本了。晚上還亮著燈的房子只剩下我家跟小宏家。但是我看不見小宏家。從我窗戶可以看見的房子，每一間都一片漆黑。

爸爸燒了俄羅斯暖爐，也燒了舊包包跟鞋子。

我把裝了著色畫和摺紙摺出來的很多東西的那個盒子拿去給爸爸。

「這種東西回日本之後還有很多，而且更漂亮呢。」

爸爸這麼對我說，把裝了著色畫和摺紙的整個盒子都丟進俄羅斯暖爐裡。

我把積木也拿來了。

「積木是小嬰兒玩的東西。」說著，他把積木也丟進俄羅斯暖爐。

「爸爸，娃娃回日本也有嗎？」

「當然有。」

我把已經變得烏漆嘛黑、腳也斷掉的娃娃交給爸爸。娃娃也燒掉了。我把小健畫的全白圖畫從牆壁上拿下來，交給爸爸。

「這張畫是我跟小健一起畫的。我不能當小健的新娘子。」

白色新娘子和小健在俄羅斯暖爐中變成橘色的火焰，也燒掉了。

九歲——初夏

在學校旁邊的那條河裡玩耍時，敦子笑著說：「你們看，瘋浪人來了。」
「在哪裡在哪裡？」
大家都站了起來。
我太急了，河中央的石頭不斷搖動，讓我站不太穩。
大家都撿起石頭往堤防那裡丟。
「瘋浪人，你今天要去哪裡啊～～」
一邊說一邊往堤防丟石頭。
瘋浪人噠噠噠地衝下堤防往我們這裡跑。
大家「呀」地大叫一聲，跑向學校那裡。
我也跟在敦子後面，雙手抓著鞋子跑。
我把裝草屐的袋子忘在河邊了。
瘋浪人來到河邊，大喝一聲：「笨蛋！」
然後忽然轉身爬上堤防，精力充沛、噠噠噠地走著。
大家異口同聲地唱起「綠色山丘上的瘋浪人」。

瘋浪人沒有回頭，噠噠噠地往鐵軌那裡走。

我第一次看到瘋浪人。

「我本來以為瘋浪人是男的。」

我告訴敦子。

「欸，你們知道嗎？洋子她以為瘋浪人是男的吔！」

敦子笑了，也一邊這麼說。敦子總是一邊說話一邊笑。

「洋子是撤退回國的人，所以不知道啦。」

「那個人真正的名字是什麼？」

「不就是瘋浪人嗎？住在堤防瘋癲的流浪人，所以叫做瘋浪人，洋子妳真的什麼都不知道吔。」

「因為我是撤退回國的人啊。」

學校裡沒有其他撤退回國的人，所以我有一種覺得自己特別了不起、很得意的心情。但我還是不太知道瘋浪人到底是什麼。

我跟敦子一起再次走到河邊去撿我的草屐袋。

敦子和房子都把稻草屐丟在河裡。

敦子直接穿著草屐走在河裡。

我穿著鞋子。

我也想穿稻草屐。

敦子的草屐後面濺起濕濕的泥土，沾在敦子腳上，變成小小的黑色圖案。我跟敦子她們在車站道別，一個人走上回家的路。

在堤防上噠噠噠走著的瘋浪人穿著雪白硬挺的長袖圍裙，堤防上的草看起來好青好綠。

我完全看不見她的臉，不過她頭髮很整齊，一點也不像流浪漢。看起來不太老，也不太年輕。身上的東西都洗得很清爽乾淨。

她穿著硬挺的雪白長袖圍裙，看來就像個手腳俐落、有精神的大嬸，我一點也看不出來她到底哪裡像流浪漢了。

我在開雜貨店的廣子家門前玩。

瘋浪人從山坡上扛著米袋，嘿咻嘿咻地走來，來到我和廣子身邊，咚的一聲把米袋放下。

她身上一樣穿著硬挺的白色長袖圍裙。

廣子的爸爸和姊姊伶子在店裡。鐘錶店的鈴木先生坐在伶子姊旁邊。

廣子的爸爸說：「瘋浪人，妳搬了幾次啊？」

「五次！」

說完後她又大喊了一聲：「嗬呦！」

再次扛起米袋。

她的喊聲很大，我覺得她應該是流浪漢沒錯，但是又不太像流浪漢。

廣子的爸爸說：「妳剛剛也說五次，難怪人家說妳有蠻力。」

我第一次這麼近看瘋浪人的臉，看起來滿漂亮的。

感覺她應該不是不會數數。

伶子姊在鈴木先生身邊，把她那胖胖嫩嫩白白的手放在膝蓋上，安靜坐著。

瘋浪人喊著：「嘿咻！嘿咻！」走過了平交道。

大家都看著瘋浪人。

放學後我們又到河邊玩。

大家忽然唱起「綠色山丘上的瘋浪人」。

有個大概六年級的女生，牽著一個五歲左右的男孩子大步大步走在堤防上。

「她不在吧。」

我對敦子說。

「那是小綠啦，瘋浪人的小孩。」

敦子告訴我。

「小的也是？」

「對啊。」

「小綠沒有上學。」

我想大概因為是瘋浪人的小孩，所以不來學校也沒關係，但是我又想，那他們一整天都在做什麼呢？

女孩氣鼓鼓的，沒有看我們。

後來我看過好幾次小綠牽著弟弟的手，大步大步走過的樣子。

大家興致一來，就會唱起「綠色山丘上的瘋浪人」，如果忙著玩的時候，就不會唱。

堤防上有一個很小的簡陋小屋。

真不知道那樣的房子怎麼睡三個人，但是沒有人接近小屋，我也只是從遠遠的地方看著。

天氣好的日子，我看過小綠站在小屋前，撕著葉子吹。

鈴木先生在學校附近那條河的橋上蓋了房子，開了一間鐘錶店。

他只蓋了商店，所以鈴木先生要從我家後面的家中走到鐘錶店去上班。他以前都搭火車不知道去哪裡上班，但是現在鈴木先生會在我們上學時一起去店裡。

鈴木先生個子又高又瘦，今年三十歲。

都已經三十歲了，卻還沒有娶老婆，大家都知道，沒有老婆的鈴木先生今年三十歲。

我們家是撤退回國的人，鈴木先生家是房子被燒掉的人，我們都不是這個村子的人。有時候，鈴木先生會在簷廊跟媽媽說話。

鈴木先生借書給媽媽。

媽媽把那本書收在壁櫃後面。

我在壁櫃裡偷偷看了那本書。我也不太懂，但好像是不應該看的東西。

爸爸去很遠的公司上班，一星期只會回來一次。

爸爸在家吃晚餐時，媽媽說：「鈴木先生說，他想娶雜貨店的怜子。」

我知道鈴木先生坐在雜貨店怜子姊的旁邊，所以心想：「哦～～原來是這樣啊。」

「眼光竟然這麼高，看樣子應該沒希望吧。」

爸爸說。

我想，一定是因為怜子姊是村子裡最有錢的人家裡的漂亮女兒，這件事應該不可能的。

「他上過大學，我本來覺得挺合適的。」

媽媽雖然這麼說。但鈴木先生是房子被燒掉的人，村裡的人要娶村裡的人當老婆，他大概不行吧。

鈴木先生比村子裡幹農活的男人讀過更多書，他每次來我都很開心。

上學時，我跟弟弟、好子還有住在上面房子的小秀一起。

我們去接好子的時候，我會去叫住在好子家後面的鈴木先生。「鈴木先～～生，我們走吧～～」高個子的鈴木先生拿著包包出來，跟我們一起出門。

好子跟我有時候會掛在鈴木先生的包包下面玩。

住在上面的房子的小秀總是會在松樹那邊等我們。

之後我們會沿著山邊細細的小路，走四十分鐘去學校。

我們很害怕那個又黑又冷、把山挖了一個洞的地方，平常都不去看那個洞。

如果跟鈴木先生一起，就會故意說「很可怕喔」，緊抓著鈴木先生。

鈴木先生的手很細，手指長長的，他個子很高，所以臉看起來離我很遠。

鈴木先生會笑著說：「出來囉出來囉，狐狸要出來囉！」

很多小孩，還有敦子、房子她們一個一個從村子裡的許多條路走出來。來到車站之後，我就忘記了鈴木先生。

一回頭，才看到瘦瘦高高的鈴木先生跟小孩子一起走在去學校的路上。

傍晚在好子家的院子玩，鈴木先生回來了。

「鈴木先～～生～～」我大聲叫著。鈴木先生坐在簷廊上看我們玩，我就覺得很開心。

鈴木先生的媽媽把小烤爐拿到院子裡，總是用圓扇子啪嗒啪嗒地搧著。

鈴木先生的媽媽是老奶奶，跟鈴木先生一樣個子很高又很瘦。而且她的腰一點都不彎。

爸爸說：「第一次看到那麼高大的女人，真虧她嫁得出去。」

鈴木先生完全沒有放棄怜子姊，經常會坐在雜貨店的店門前，整個村子都知道他沒有希望。

在學校旁的河邊玩時，瘋浪人的小屋已經被鈴木先生的鐘錶店整個遮住，看不見了。

瘋浪人總是穿著白色長袖圍裙，大叫著「啲咻」，從很多地方抱著很重的東西突然跑出來。

是不是因為她這麼拚命地扛重的東西，所以才叫流浪漢呢？

如果瘋浪人突然從很近的地方跑出來，小孩子就來不及唱起「綠色山丘上的瘋浪人」。

我去接好子。

鈴木先生出來了。

鈴木先生的手上戴著一只有紅色細皮帶的女錶。

男生戴紅色女錶很奇怪也很噁心。

我想這是因為鈴木先生開鐘錶店的關係，但還是覺得不想靠近他。

我們走過田邊細細的小路，又走過有樹蔭的陰暗道路。

好子和弟弟在前面，一下子跑一下子蹲。

我馬上就看見鈴木先生的紅色手錶。鈴木先生的手指又細又長，戴這隻錶很適合。我覺得很噁心。

「鈴木先生你好噁心喔。」

我說。

「為什麼？」

「誰教你戴女生的錶。」

「這是很珍貴的錶。」

鈴木先生說。我想那應該是怜子姊的錶。

「色鬼。」

我說。

說完「色鬼」之後，我覺得自己好像變成色鬼，忽然覺得很難為情。

鈴木先生笑著停下腳步，抓住我的手腕。我驚訝地看著鈴木先生。

好子他們已經走到很前面，這裡很安靜，是整條路上最冰涼、山被挖出一個洞、暗暗的地方。

抓住我手腕的鈴木先生手上戴著女生的紅色手錶。

平常鈴木先生的臉看起來總是在很遠的地方，但這時候他的鼻子跟嘴巴突然變得很清楚。

而且他沒有笑。

鈴木先生抓著我的手腕說：「洋子，我很喜歡妳喔。」

我揮開鈴木先生的手，把自己的手腕用力掙脫出來，但鈴木先生很輕鬆地握著我的手。

「討厭、討厭啦，放開、你放開。」

我對他這麼說，但是我不知道該不該大聲叫。

我覺得如果大聲叫，好子他們回來看到就不好了。

鈴木先生一直盯著我的眼睛，以前從來沒有人用這種眼神看著我。我覺得很不舒服，感覺自己快死掉了，眼淚不斷流出來。

鈴木先生笑了出來，鬆開我的手。

他笑出來的臉看起來很溫柔，這讓我覺得更不舒服。

我不要命地拔腿就跑，追過好子他們，對他們說：「快點走！快點！」

好子他們開始跟我一起跑。

過了沼澤上的橋，再爬過一個山路彎道，我才第一次回頭看鈴木先生。

鈴木先生跟平常一樣慢慢走著。

因為距離很遠看不太清楚，但鈴木先生好像在微笑。

「怎麼了？怎麼了？」

好子問我。我什麼也沒說，快快往前走。

好子一年級，還是小孩子，但雖然只是小孩，總比身邊誰都沒有來得好。

那天傍晚，我在好子家的院子裡玩。

夕陽把附近照得紅紅的。

鈴木先生走進院子裡。

我忘記鈴木先生會回來，實在是太大意了。

我的身體變得很僵硬，希望鈴木先生快點走進屋子裡。我繼續蹲著，一直盯著地上的土看。背後可以感覺到鈴木先生已經走到旁邊來。

最好就這樣走開，最好這樣走開吧，最好什麼也別說，最好不要發出半點聲音。

鈴木先生摸摸我的頭，非常溫柔地摸。

我一動也不動。雖然一動也不動，但是眼淚好像快掉下來。

然後我覺得全身的寒毛全都立了起來，身體變得很冰。

我明明不想看，卻還是偷偷看了鈴木先生一眼。就好像被不知名的東西命令，不得不依照命令行事一樣。

鈴木先生很溫柔地看著我笑。

我覺得很想吐，但我知道不會真的吐出來。

鈴木先生安靜地走進家裡。

我悄悄站起來，慢慢走回家。

我想，以後應該不會再去好子家的院子玩了。

上學時如果鈴木先生也在，我就會用跑的。
然後一直快步走到學校。
經過學校旁邊、鈴木先生的店門前時，我會故意不看。
我總是很擔心，會不會在哪裡突然撞見鈴木先生。

過了一陣子，我搬到爸爸公司的小鎮，離這裡很遠很遠。
以後再也不用擔心鈴木先生的事，感覺就像積在心裡的砂子一口氣掉下來了一樣。

漸漸地，我完全忘記那個村子，也忘了鈴木先生。
我上了高中。

吃晚飯時，媽媽說：「妳還記得以前在鄉下時，那個開鐘錶店的鈴木先生嗎？我看妳大概不記得了吧。」

我心裡一驚。

「記得啊。」

「聽說鈴木先生要離開鄉下到這邊來開鐘錶店了。就在相生町的那間電器行前面。」

再怎麼巧也不會剛好搬來同一個城市吧。

我覺得自己運氣很糟，真不想見到他。

「為什麼？他不是在鄉下開店，在那邊把生意做得好好的、住了下來嗎？」

「聽說他在鄉下待不下去了。」

媽媽興致一來，開心地打開了話匣子。

「聽說鈴木先生跟瘋浪人搞在一起。」

「瘋浪人？妳說那個瘋浪人？」

「是啊。」

「不會吧。」

「很蠢吧，一定是男人先出手的。聽說她從早到晚整個村子地追著鈴木先生跑，大概是著了魔吧，最後還拿著菜刀一整晚躲在店裡的地上，讓鈴木先生哪裡也去不了。所以他才逃出來的。聽說要逃也費了一番功夫呢。」

「他竟然跟瘋浪人……」

「很蠢吧，他這一輩子完了。」

「那雜貨店的伶子姊呢？」

「應該糾纏了很久吧。他好像真的很喜歡伶子，聽說伶子本來也覺得可以跟他在一起。這麼一來，他在村裡也待不下去了。他媽媽也真可憐。」

「他媽媽也一起來這裡嗎？」

「對啊，他說想來看看我們，應該會過來吧。」

相生町離這裡騎腳踏車大概十分鐘，我經常得經過那裡。

我不想見到他。可是媽媽很想念那個高個子的鈴木先生。

放學回來，看到玄關站著一個高個子的男人。

那個人轉過頭來。是鈴木先生。

我一驚。

「啊，是洋子啊，都長這麼大了啊。」

鈴木先生很溫柔地看著我。

高中生的我明顯表現出冷淡和帶刺的態度，從玄關進了家。

之後母親對我說：「妳怎麼那麼沒禮貌，小時候他不是很疼妳嗎？」

十歲——秋

中村老師跟爸爸一樣年紀，他其實是畫畫的老師。

雖然其實是畫畫的老師，但是因為學校沒有音樂的老師，所以他也教音樂。

音樂課的時候，不管三年級四年級或五年級，都只唱：「鮮豔的綠色啊～～明亮的綠色啊～～」這首歌。

因為中村老師彈鋼琴只會這首歌。

上五年級時，來了一位只教音樂的老師。

音樂老師是年輕的女老師，她的臉很白，好像大福饅頭一樣，用手指一按下去就會按出一個洞來。她的嘴是大紅色的。

她總是在笑，人很親切。

音樂老師什麼歌都會彈。

我們上音樂課學新歌時，中村老師走進教室來，靠在窗戶旁邊，一直待在教室裡，盯著音樂老師彈鋼琴的手看。

音樂老師大大張開塗了口紅的嘴，跟我們一起唱歌，有時候會看著中村老師那邊對他笑。

我覺得嘴巴要一邊唱歌一邊笑很難，但是音樂老師笑起來感覺很輕鬆。

工友先生在走廊上一邊走一邊敲鐘，音樂課下課了。

這時中村老師走上講台。

「我們也要參加這次的音樂比賽，被叫到名字的人留下來。」

然後開始叫名字。

理惠子和弘子都被叫到了。我也被叫到了。光男還有千秋，另外還有很多名字都被叫到了。

堂姊房子和敦子也被叫到，可是敦子是個音痴，總是發出很奇怪的聲音。

之後，我們每天放學都在練習。

「青蛙張開大嘴巴，荷葉上面學唱歌」，還有，「每當水車骨碌轉動，紅色山茶就盛開」[1]這兩首歌。

老師把人分成四組，同樣一首歌大家稍微錯開一點時間唱。

「這就叫做輪唱。」

中村老師這麼說。老師負責指揮。

一直唱同樣的歌，我們覺得有點膩。

敦子的聲音實在太奇怪，中村老師有時候會生氣，拿著黑色指揮棒像瘋了一樣地在桌子上狂敲。然後他會叫敦子到鋼琴旁邊。「到這裡來！」要她一個人唱「紅～～色山茶就盛開」的「紅～～色」這裡。

「紅～～色。」

「不對！紅～～色。再一次。」

「紅～～色。」

「不對，紅～～色，再來。」

「紅～～色。」

「是『紅～～色』才對。」

敦子一個人唱到滿臉通紅的這段期間，我們跟理惠子她們在玩小豆袋。

輪到理惠子時，她會用自己的小豆袋玩。理惠子的小豆袋又大又漂亮，所以只有理惠子一個人贏。就算跟她說「借我」，她也只是什麼都不說，把自己的小豆袋藏在屁股下面假裝不知道。我的小豆袋又小又硬，馬上就會掉出手掌，可是理惠子的小豆袋好像會緊緊貼在手心都不會掉。

敦子回來，坐在地板上。看看鋼琴那邊，中村老師把手放在音樂老師的肩膀上，音樂老師正在彈我們完全沒聽過、感覺很難的鋼琴曲。那首曲子很長。

敦子看著鋼琴那邊，從口袋裡拿出自己的小豆袋問：「我排在誰後面？」

那天我們一直在玩小豆袋，中村老師緊緊黏在音樂老師跟鋼琴旁邊。

中村老師跟音樂老師總是一起回家。

我跟敦子還有光男也搭火車回家，所以通常都會跟中村老師他們搭同一班火車。火車很擠的時候，中村老師會用雙手撐在車上，把音樂老師護在他撐出來的空間裡。

我們每天唱「青蛙張開大嘴巴」和「紅～～色山茶就盛開」這兩首歌。

敦子也不知道唱了幾次「紅～～色的」、「紅～～色的」。

之後，音樂老師一定會彈起很難又很長的鋼琴曲，偶爾不張嘴巴地看著中村老師笑。

我總是覺得，不張開嘴巴笑好像很難。

我們在玩小豆袋時，光男會很猥瑣很下流地說：「他們在自慰。」

我和理惠子都嚇了一跳，覺得光男很下流、很討厭。

敦子說：「你說這種下流的話，我要去跟中村老師說。」

她站起來大步走到鋼琴旁邊：「老師！光男剛剛說自慰！」

然後又大步走回來。

光男悄悄走到教室角落。

老師大吼了一聲：「光男!!」

到了比賽前一天。

中村老師要我們一邊唱歌一邊搖晃身體，比賽前一天我們只練習搖晃身體。

唱到「紅～～色的」時，大家要把身體往前傾。理惠子傾得太多，用力撞在我身上，我被撞得咚咚咚地往前走，然後再從「紅～～色的」那邊重新唱起。

練習完時，中村老師交抱著雙手，閉上眼睛。「敦子。」

敦子想，大概又只有自己得去唱「紅～～色的」，正要走向鋼琴。

「敦子，妳明天唱歌的時候不要出聲音，只要嘴巴假裝在唱歌就好。」

中村老師閉著眼睛這麼說。

比賽那天，音樂老師穿著很漂亮的碎花洋裝來。中村老師也穿西裝打領帶，看起來閃閃發光。

我和敦子都穿上最漂亮的衣服，在火車裡開心地玩鬧。

中村老師和音樂老師並肩坐著，非常安靜，即使我們吵鬧也沒有阻止我們。

敦子給了我一顆圓糖果。

比賽的地方是大城市中一個像公會堂的地方。
觀眾席很暗，只有舞台上打了光，就像要演戲一樣，大家都很緊張。
其他學校的人似乎都唱得很好。
輪到我們了。
中村老師站上指揮台，拿起指揮棒。
然後他一直盯著音樂老師那邊看。
音樂老師也專心地看著中村老師。
我沒有看過中村老師那種眼神。他看著音樂老師的眼神很可怕，就好像要吃掉她一樣。
音樂老師臉上一點笑容都沒有。
周圍一片安靜。
然後他突然揮起指揮棒，我們急忙開始唱「每當水車骨碌轉動」。
唱到「紅～～色山茶就盛開」時，身體要往前傾。
敦子只有嘴巴跟著開開合合。

過了一陣子，音樂老師調走了。

她來這裡還不到一年。

我和敦子在她家的院子裡玩的時候，敦子告訴她媽媽。「教音樂的女老師調走了。」

她媽媽正在簷廊挑掉紅豆裡的渣子，說著：「這樣啊，畢竟不太好哪。」

我覺得女老師應該是被逼離開的。

音樂老師離開的那天，大家到車站去送她。

月台上擠滿了小孩子。

音樂老師在哭。

中村老師在她身邊。

火車開進來了，音樂老師站在車廂中間的玄關上哭著對我們揮手。

火車開動了。

女老師看著中村老師。

火車愈開愈快。

這時，中村老師衝到玄關跳了上去。他雙手撐住玄關的鐵桿，護著女老師。

火車漸漸看不見了。

「再見～～」

「再見～～」

我們用力揮著手。

敦子哭得唏瀝哩啦。

註1 可能是〈山茶花〉（詞：永井花水）這首歌。真正的歌詞是：「每當水車，骨碌轉動，骨碌轉動，紅色山茶花，就會凋零，就會凋零。」

十二歲——初春

我替妹妹換尿布時，小浩的臉從客廳窗口探了出來。

「來玩嘛！」

「好啊。」

我用尿布的邊邊用力擦著妹妹的屁股。

「很臭吔。」

「有什麼辦法。」

我把尿布包起來，小心不讓大便跑出來。然後用新尿布包住妹妹的屁股。妹妹用力踢著雙腳，一個翻身轉過來，眼看就要往前爬。

我抓住妹妹的屁股。「嘿！」急忙用尿布將她屁股包起來，再讓她穿上內褲。接著我讓妹妹坐在桌上，用背帶捲在她背上，再轉過身去揹起妹妹。

「接著昨天的玩吧。」

「好啊。」

我從放在鞋櫃的一個罐子裡拿出石筆。變小了呢。

我從玄關走出來時，小浩從後面跑來。「妳看！」

他得意地從口袋掏出一根新的石筆給我看。上面還有薄薄一層粉，畫著斜線，有著凹凸的鋸齒刻痕。

「多少錢啊？」

「多少錢有什麼關係。」

我跟小浩到小屋去。

小屋裡冰冰涼涼的，有點霉味。

小屋的水泥地板上還維持著昨天玩到一半的戰局。昨天，小浩寫的「不准碰」、「不准碰」、「不准碰」也都還原封不動。

我們繼續昨天的遊戲。先從我開始。

我趴在地上，妹妹會往下滑到我的頭附近。

輪到小浩時，他沒有用新的石筆。他要我把我的石筆借他。

「你用自己的就好啦。」

我急忙抓緊自己的石筆。

「這樣太可惜了。」

「小氣鬼！」

「借我啦。」

小浩抓住我的手。我想揮掉他的手，結果不小心往後跌了一跤。

「哇！」妹妹被夾在我的背後跟水泥地中間，哭了起來。

我爬起來用手拍著妹妹屁股。「乖乖，不哭不哭。」也搖著自己的屁股。

妹妹一開始哭，小浩就不講話了。

我一邊說著「乖乖、不哭」，同時迅速伸手探進小浩口袋，抓出新石筆丟在地上，用鞋子用力地踩。石筆發出啪的響亮一聲，斷成兩截。

我就這樣衝出小屋一路跑回家。妹妹在我背上一抖一抖的，「嗚、嗚、嗚」地叫著。

身後可以聽到小浩「嗚喔」、「喔」地大吼。

我鎖上玄關的門，安靜待著。

吃晚餐時，聽到玄關有小浩的聲音。

「晚安，請問洋子在嗎？」

說話方式聽起來很客套。

我心裡一驚。

「洋子，我媽媽找妳，請過來一下。」

小浩繼續用那種很客套的聲音，故意說得很大聲。

爸爸媽媽都盯著我看。

我不情不願地來到玄關。

小浩一看到我的臉就咧著嘴笑，小聲地說：「過來！」

小浩走進自己家時，很大聲地說：「我帶她來了！」

我胸口撲通撲通跳得很厲害。

小浩的媽媽正在廚房洗碗。

「聽說妳故意用腳把小浩的新石筆弄斷？如果是故意的，妳得賠一根新的。」

「好。」

我小聲地說。

「女孩子這麼粗魯，以後會嫁不出去的。」

碗盤發出哐啷哐啷的聲音。

我的胸口一直撲通撲通地跳。

回家的路上，小浩還跟著，在我身邊跳來跳去，像唱歌一樣地說著：「嫁不出去～～以後會嫁不出去～～」

我瞪著小浩的臉，走進家門。

「明天放學我們去田中屋吧。」

小浩的聲音忽然變得很溫柔。

回家後，媽媽瞪著我。

「妳又惹事了吧。」

從學校回來後，小浩在玄關等我。「走吧。」

書桌抽屜深處有一個貼了千代紙的祕密寶盒，裡面最漂亮的色紙下面放著奶奶給我的十圓鈔票，我拿出這張本來無論如何都不會動用、嶄新硬挺的鈔票。

從田中屋回來時，小浩給了我半根斷掉的石筆。

小浩把手放在我肩膀上，看著我的臉說：「我們用新石筆繼續玩昨天的遊戲吧？」

這時草原裡傳來男生的合唱聲音。

「小浩、小浩～～」

「洋子是小浩的新娘。」

我和小浩像木棒一樣地僵住，無法動彈。

「洋～～子、洋～～子」又聽到一句歌聲後，隨著「嘿嘿～～」的聲音，班上男生的光頭一顆顆竄出來，其中有一顆頭是前後齊長的短髮，那是班長山口。

小浩滿臉通紅地衝向草叢那邊。

大家往不同方向跑走。

小浩不知道該追誰才好，跑到一半只能停住。他的短褲屁股那裡有一塊四角補丁。

看到山口也跟著起鬨開我跟小浩玩笑時，我有種腳踩在柔軟砂子上、不斷下陷的感覺。

我再也不跟小浩玩了。

班上來了轉學生。

她自己在黑板上寫著「夏目櫻子」。

皮膚很白，有大大的眼睛，身材很瘦，穿著粉紅色的洋裝。真的像櫻花一樣。

她的手指細到好像快斷掉。

老師叫夏目坐在空的位子上。就在山口旁邊。

我覺得胸口好像長了刺。
山口看起來扭扭捏捏的。
小浩的嘴張得大大的。
夏目坐在他後面，小浩站在椅子上轉身向後，嘴巴還是張得很大。
老師用點名簿用力打了小浩的頭。
活該。
小浩就算坐下也一直看後面。
「她看起來很會唸書吔，對吧？通常轉學生都很會唸書吧？」
小浩的手跑到我桌上。
「不要越線啦。」
我用鉛筆盒的邊邊把小浩的手推回去。
「很痛吔！」
小浩又轉向後面。

媽媽替我做了新內褲。

新內褲很大件。因為裙子變短了，從裙子下緣會看到露出來的內褲。

走進教室，小浩一看到我就大聲說：「你們看，洋子的內褲超大超鬆的。這根本是大角褲吧。」

我急忙看了山口。山口笑著看我的內褲。

夏目也看著我的內褲。她細細的手指併攏遮著嘴巴，嗤嗤笑著。

我一整天都沒有跟小浩講話。

所有男生都開始叫我大角褲。

我覺得很討厭，但還是裝作不在意。

可是一聽到山口說「大角褲」，我就很想大聲哭出來。但我沒有哭，只是滿臉通紅地咧著嘴笑。

我沒有告訴媽媽內褲太大。

要是媽媽說：「怎麼會太大？妳現在一直在長高，這樣剛剛好。」我就得告訴她：「因為在學校大家都叫我大角褲。」我不想講。要是自己親口說出大角褲，那我就真的成了大角褲。

我總是把內褲鬆緊帶拉高到胸口。

「來玩嘛！」

小浩的頭從院子窗戶探進來。

「不要。」

我揹著妹妹一邊看書一邊在房間裡繞圈子，不看小浩。

小浩一邊「嘻嘻嘻」笑著，一邊在我窗前來來去去。

我眼角餘光看到小浩正在學我拉高內褲的樣子，一會兒說著「嘻嘻嘻」，一會兒又說「超大內褲大角褲」、「嘻嘻嘻」。

我把妹妹放在榻榻米上，讓她靠在牆邊。

小浩又開始「嘻嘻嘻」。

我光著腳跳下窗戶，揪住小浩。我的嘴巴前就是小浩的手臂，我大口咬了下去。我才不會放開呢。

小浩跌倒在地上。這時候，我的嘴巴鬆開了他的手臂，但我還緊揪著小浩，正想著還有哪裡可以咬。我跟小浩在地上滾了好幾圈。

我的嘴巴前面就是小浩的嘴巴、鼻子前面就是小浩的鼻子，他哈哈吐出的熱氣直接吹著我的臉。有股腥味。我們的肚子、肩膀都緊緊糾纏在一起，只有腳啪嗒啪嗒地踩踏著，全身都很熱。

小浩的臉離我很近，好像第一次看到小浩的臉。我覺得很噁心。我們好像會一直這樣滾來滾去，永遠不會停。

「別鬧了。」

小浩聲音低沉地說。那時候小浩的嘴巴碰到了我的嘴巴。

我默默走進玄關，用抹布擦了腳。覺得很噁心。

我在流理臺洗著嘴巴。

老師把會唸書的人聚集在一起，讓他們放學後一起唸書。我、山口、夏目都在名單裡。另外還有其他三個人。

山口總是把筆記本疊在夏目的筆記本上對答案。

老師看著我的筆記本說：「大角褲慢慢來就可以，再檢查一次。妳應該都懂。」

山口笑了。夏目的字寫得工整又漂亮。老師看著夏目的筆記本說：「夏目同學很喜歡寫字吧，字很漂亮，但是妳沒有看懂問題。再看仔細一點，跟問題沒關係的東西不用寫。」

夏目滿臉通紅，快哭出來。

這時候，山口會用很悲傷的表情盯著夏目。

我知道，悲傷的表情跟溫柔的表情是一樣的。

我覺得自己好像一點一點潛進了溫暖的熱水裡。

因為得在學校唸書到傍晚，我不再和小浩一起玩。

我從學校回來時，小浩在家門前跟其他小孩子玩，我一經過，他就叫我「大角褲」。

我板著臉，傲然走過他面前。

媽媽幫我做了新裙子，這件裙子也很大，所以我已經不是大角褲了，但小浩一看到我的臉就說「大角褲」。

小浩的妹妹直子跑過來。

「媽媽說，洋子不是因為內褲鬆，是因為狡猾，叫大狡褲。」

我覺得小浩的媽媽是全世界最討厭的人。

我的臉板得更冰冷了。

後來我去考附中。

爸爸說：「就算考上了，也不准去上附中，那邊的學生不行，都太自以為是了。這只是讓妳測一測實力。」

考試那天，媽媽替我綁了紅色緞帶。我穿上外出用的毛衣和外出用的格子裙，再穿上白襪子跟外出鞋。

來到考場，夏目穿著紫紅色連身裙，上面還有紫紅色蕾絲。我沒有看過那麼漂亮的洋裝。

考場有很多其他學校的學生，大家看起來都很聰明。

山口在夏目身邊，高興地看著夏目的洋裝。

我覺得很高興的表情跟很溫柔的表情是一樣的。

要是我也穿著那種紫紅色洋裝，山口會用那種表情看我嗎？

我覺得自己好像立在廣大原野上的一棵樹。

考試結果發表那天，我走到山口的座位旁。我很擔心。

「山口一定會考上的。」

我把身體撐在山口桌上，這麼說。

「我不行啦，國語寫錯了。夏目一定沒問題的，妳寫字很厲害啊。」

夏目一直揪著自己的裙子。

「我不可能考上的。」

我這麼說。

山口什麼也沒有對我說。

我回到自己座位上「啊啊啊～～」地叫。

小浩看著我的臉。

「妳都沒寫錯吧。」

我覺得很煩，對他說：「跟你沒關係吧，啊啊啊～～」

「妳這種人才不可能考上！」

小浩生氣地這麼說。

「跟你沒關係啦，手不要超過!!」

我豎起墊板把他的手推開。

「很痛吔！」

小浩說。

小浩手上出現一道細細的直線。

發表時間是十二點。我在打掃，心想等一下跟大家一起去看，結果一回頭，人都不見了。

看看校舍上掛的時鐘，再五分鐘就十二點了。我開始跑。五分鐘應該來得及。我在校門脫下太鬆的鞋，光著腳跑。

跑到中學時，剛好看到他們把白紙貼在牆上。

一大群不認識的小孩推擠著，眼前疊著一團黑黑的人頭，怎麼也無法往前走。

細長的紙終於拉開，四處都可以聽到「有了」、「有了」的聲音。我趴在地上，在小孩子們的雙腳之間爬著。爬到最前面才站起來。

我找著自己的號碼。

我聽到胸口怦怦怦的聲音。

「有了！」

我跳了起來。「有了吔！有了！」

這時我才發現，自己手上還拿著掃把。

「好多人喔。」

我聽到後面有人這麼說。

我慢慢開始找其他人的名字。緊接在我後面是山口的名字。我胸口好像有一束很亮的光。

再來是我不認識的名字。

啊～～太好了，啊～～太好了，山口跟我都考上，真是太好了。

我一直看著我跟山口並排的名字。

過了一會兒，才發現我身邊只剩下幾個小孩。轉過頭去，很多地方都有三兩成群的小孩，也有很多大人。

我看到山口前後齊長的短髮。他前面站著用手指摀著臉的夏目。啊，上面沒有夏目的名字。我覺得心情很好。

仔細一看，夏目在哭。

我這時第一次意識到，也有沒考上的人。

山口明明考上了，但是表情看起來卻一點也不開心。

我覺得很丟臉。

山口雙手放在夏目肩膀上，拚命在跟她說話。夏目一頓一頓地點頭，肩膀不斷抽動。

如果我沒考上，山口也會那樣拚命跟我說話嗎？

我覺得山口那一點也不開心的表情跟溫柔的表情是一樣的。

我從遠方一直看著山口和夏目。

我一個人拖著掃把，光腳走回學校。

我自己也聽不見自己的腳步聲。我看著自己的光腳，一邊走著。

身後傳來啪嗒啪嗒跑過來的聲音。滿臉通紅、流了一頭大汗的小浩從我旁邊鑽了出來。他粗魯地哈哈喘著氣。等到不再發出哈哈聲之後，小浩對我說：「太好了，洋子。」

小浩用他骯髒的手抹了骯髒的臉一把。

「妳不用再唸書了吧？來玩嘛！」

「不要。」

我筆直看著前面，這麼對他說。

十四歲——冬

早上去學校時，看到桃代面對著教室前的置物櫃，靠在上面，臉貼在書包上。

啊，看來桃代也終於「那個」了吧。這麼一來，沒有「那個」的就只剩下我一個。不過，是不是大家「那個」的時候都會哭啊？我看著桃代的腰。比我的還要更粗一點。

「怎麼了？」

我看著桃代的臉。

桃代抬起頭打開包包，拿出衛生紙擤了擤鼻子。什麼嘛，原來是衛生紙啊。桃代的鼻子變紅了。我分不出她是快哭出來，還是已經哭完了。

「我爸跟我媽吵架了。」

說完，她又擤了一次鼻子。鼻子變得更紅了。

她用擤了鼻子的紙擦眼睛。睫毛上沾了一點水。

「為什麼？」

桃代繼續把衛生紙放在紅鼻子上。

「爸爸領了獎金。」

我爸爸昨晚也領了獎金，跟媽媽吵架。

「然後呢？」

「然後爸爸下班後買了阿清的三輪車回來。」

我真的嚇了一大跳。爸爸買了妹妹正子的三輪車回來，昨天晚上，爸媽就是因為這件事吵了一架。

「真的嗎？不會吧！我家也是！原來你們也買了三輪車啊。」

我拍了桃代的背好幾下。

爸爸單手拎著紅色三輪車回家，沒進玄關，直接把三輪車放在院子裡，叫了妹妹。

「正子，過來一下。」

妹妹從簷廊看到三輪車，還穿著襪子就急著要穿上爸爸放在簷廊的木屐。

「笨蛋，去穿鞋子過來！」

爸爸大吼了一聲，但聽起來心情很好。

妹妹繞過玄關，這次她踩著左右腳相反的運動鞋跑過來。

爸爸什麼也沒有說。

媽媽和弟弟還有道子站成一排，看著正子在簷廊前的院子裡騎來騎去。

爸爸問了好幾次：「怎麼樣？怎麼樣？」

正子把左右穿反、滑稽地往外翹著的鞋放在踏板上，緊咬著牙用力踩著三輪車跑。

我和弟弟、大妹都站在簷廊看著。只有媽媽安安靜靜的，什麼也沒說，一直看著正子。

接著，媽媽什麼都沒說，開始準備晚飯，吃飯時也出奇安靜。

正子很快吃完飯，天都已經黑了，她還是到院子裡去騎三輪車。

「內衣怎麼辦？」

媽媽說。

接著，他們就開始吵架了。

我覺得媽媽太過務實了。

我們小心地、不被發現地一一離開暖爐桌。正子坐在院子正中央的三輪車上，一動也不動。

桃代從鼻子噴了一口氣大笑，我也笑了。

桃代「哼～～」地擤了個長長的鼻涕。

「妳媽真可憐。」

她說：「這樣就沒錢買內衣或毛衣了，妳爸也真是幼稚，先商量一下不是很好嗎？我爸還把味噌湯打翻，實在太任性了。」

接著她把變得又圓又小的衛生紙放進無袖連身裙的口袋。我聽到桃代的爸媽吵架覺得很開心。

「我還以為妳那個了呢。」

我抓著桃代的手臂說。

「唉，真是頭痛，我也有點擔心。妳知道嗎？微米她很早之前就一直沒上體操課吔。」

微米是班上一個個子很小的女生的綽號。

這時，野村智從走廊走過來。

我用力抓住桃代的手。

「來了！來了！」

桃代看到野村智，整張臉都紅了。

「唉，真是頭痛。」

桃代小聲地說。

我不知道野村智有沒有看到桃代。

午休時間，我跟桃代還有紀子來到教室前的露台，緊貼在校舍牆上曬太陽。

「喂，跟妳說個大消息。」

紀子推了推桃代的肩膀。

「聽說三班的中村也是。」

「哦，是第幾個人了？」

我問桃代。

「第三十六個。」

桃代馬上回答。

喜歡野村智的女生人數已經來到三十六個人了。

「真不懂，那種平凡美少年到底有哪裡好啊？」

我故意這樣說。

「有什麼關係，每個人喜好不同啊。」

「他好像少女小說裡的少爺喔。」

「那妳呢？喜歡那種長得跟饅頭一樣的傢伙。」

紀子把兩手的食指貼在眉毛上說：「饅頭時鐘現在八點二十分～～」

我喜歡的海野康雄的眉毛會往下垂。聽到紀子說海野康雄的壞話，我覺得開心得不得了，嘴角也忍不住跟著牽動。聽到人家說海野康雄聰明，就像自己被誇聰明一樣。

「蕭邦是波蘭人呢。」

桃代咯咯笑著這麼說。昨天音樂課時，海野康雄一個人回答了貼在教室裡三十二個音樂家的所有國籍，全班自然而然湧起一片掌聲。就連老師都呆呆地張著嘴，突然連說了三次。「蕭邦是波蘭人啊，真厲害。」

這當中，我扭捏地看著下面。

「這樣不是很安心嗎？」

紀子的意思是，我不會有競爭對手。

海野康雄不會單槓後翻，野村智是田徑選手；海野康雄是單親家庭，野村智是大醫院老闆的獨生子，身邊圍著很多跟班；海野康雄總是一個人用力踩著室內鞋後跟，拖著腳走路。

我覺得桃代有三十五個競爭對手很理所當然，而我沒有半個敵人也讓我覺得開心。

紀子忽然說：「啊、啊～～啊！」

壓著肚子身體往前彎。

「怎麼了？」

「那個、那個啦，馬上就好了。」

我和桃代面面相覷。

這時，一顆棒球滾過來，池田追著球跑過來。

「喂，紀子，幫我撿一下。肥豬，快一點啦！」

紀子喜歡池田，所以瞬間露出開心的表情。

然後她繼續按著肚子吼回去：「你自己來撿啊，癩蝦蟆！」

「肥豬，內褲都被看光光了啦！」

池田大吼。

紀子倏地一站，彎身從裙子上檢查自己的內褲。

然後她跑向球那邊。

無袖連身裙的口袋鼓鼓脹脹的。因為放了那個。

「奇怪了，這樣跑不痛嗎？」

桃代看著紀子的屁股這麼說。

「如果是課外教學時來就糟糕了。」

桃代又補上一句。

野村智得了盲腸炎。

我覺得真不愧是野村智。

總覺得盲腸炎是有錢人才能得的病。

紀子和我都因為野村智得盲腸炎覺得很開心，午休時一直在聊盲腸的話題。

桃代好像對野村智的盲腸炎感到很自豪，不斷在笑。

「在自己家住院，這樣行嗎？」

桃代笑著。「誰知道。」

「有人去探過病嗎？」

「這誰會知道。」

「二班的田中臉皮很厚，應該會去吧。」

「不會吧。」

這時教室門打開，靖子走出來。

靖子走到桃代面前。靖子筆直地只看著桃代，我們明明就在旁邊，她也不知道是不去看，還是故意忽視，就像我們根本不存在。

「能給我一點時間嗎？」

講話的方式好像在演講一樣。

「幹嘛？」

靖子說話的方式讓桃代一陣慌，頓時僵住了。

「那個，我愛野村智。」

靖子就像畢業典禮的學生致詞代表那樣，聲音清澈響亮。

我聽了嚇了一大跳。

第一次聽到有人真的會用「愛」這個字。

我覺得太難為情了，不知該如何是好。但是又有點興奮，心臟一下一下用力地撞擊著。

大家都說從東京轉學來的靖子很奇怪，這就叫奇怪嗎？

桃代呆愣著，什麼也沒說。

「所以我想去看他。問了大家之後，聽說愛野村智的有三十二個人，所以我調查了一下。」

「三十六個。」

紀子說。紀子的心臟也一下一下用力地撞擊著。

「啊？這樣啊，細節請之後再告訴我。總之我也聽說了妳的名字，想先告訴妳一聲，我會去探病。可以吧？」

「沒什麼不可以的。」

桃代滿臉通紅，顯得很狼狽。

「是嗎？那我就去了。請問妳知道田中在哪裡嗎？」

「不知道。」

桃代依然狼狽地回答。

「那我先失陪了。」

靖子像畢業典禮的學生代表結束致詞一樣，俐落說完這句話，好像有點生氣地用力摔上門。

「她是怎麼搞的，真奇怪。」

紀子一臉認真地這麼說。

「我完全不知道。三十七人。」

桃代說。

靖子跟三十六個人都打過招呼以後，去探望了野村智，所有三年級的都知道了這件事。

「超厲害的，聽說她帶了紅色玫瑰花束去。」

「太厲害了吧。」

「聽說連她媽媽都一起去了。」

「太厲害了！」

紀子氣喘吁吁地在露台這麼對桃代說。
桃代嘴裡嘟嘟囔囔的，臉都紅了。
「聽說她那個是小學五年級的時候來的。」
「哇！」
桃代擔心地看著我。
靖子看起來一點都不覺得丟臉，大大方方、大搖大擺地上學。
野村智的盲腸炎好了，重新回到教室時，教室裡一片安靜。
野村智低著頭走進來。

桃代正在鞋櫃前脫鞋。
「早。」
「早。」
桃代看到我，很開心地笑了。

「等一下給妳個好東西。」

「什麼什麼？」

「等著吧，看妳的置物櫃。」

桃代將包包丟到置物櫃上放著，打開包包，然後眼睛骨碌碌地東張西望，快速取出一個白色小包。

「打開妳包包，快點快點。」

我急忙打開包包。

桃代把白色小包塞到我包包裡。「我跟妳說，我媽也買了妳的分。那個啦。要不然課外教學時來了就糟了。」

我一邊說：「真的嗎？不會吧？怎麼辦，這樣太不好意思了。」

說著，我伸手到包包裡，試著摸了摸那個白色小包。軟蓬蓬的，有些地方又有點硬。

「現在不能看嗎？」

「笨蛋，回家再看啦。」

「就看一下子。」

「不行啦。」

我用五分鐘下課時間去廁所打開白色小包。裡面放著一件摺好的黑色內褲。開了很多洞的奶油色橡膠片用釦子固定在內褲上，內褲本身的股間也貼著橡膠。

我回到教室，走向桃代。

「我看了。」

「真是的！妳過來一下。」

她把我的耳朵拉近嘴邊，左右看了看附近。

「其實我昨天來了。」

她說話聲音很小。桃代溫熱的呼吸一陣一陣地吹進我耳朵，覺得有點癢。

「真的嗎？那太好了啊。」

「終於放心了。」

「那只剩下我一個了。會痛嗎？」

「不會。我根本沒發現。」

「喔，那妳今天體操課要請假嗎？」

「嗯。」

桃代說得很神氣。

今天體育課上籃球。桃代站在球場邊的櫻花樹下，靖子站在她旁邊。

不知為什麼，我覺得有點緊張。

紀子走到我身邊。

「妳看，很奇怪吧。」

她笑著說：「妳看看那邊。」

她指向男生籃球場。

海野康雄沒換體育服，癱軟地靠在櫻花樹上。

「咦？他是男的吧？」

我覺得癱軟的才子海野康雄很帥。

有人把球準準地投進籃球網裡。

「野村！投得好！」

男生們大叫著。野村智射籃得分。

我看看櫻花樹。

桃代和靖子就像軍隊一樣直立站著，看著打籃球的男生。

十七歲——秋

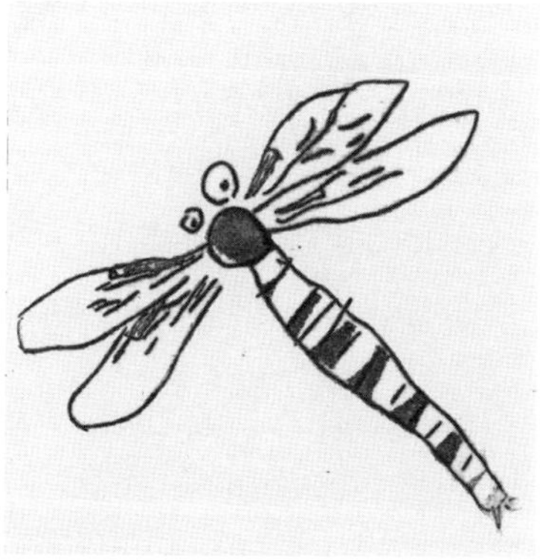

沒有人想開班會。

被大家稱之為「荷爾蒙」的老師很快就離開了教室。

我想，走到走廊上，荷爾蒙腦子裡應該馬上就開始思考其他事了吧。

我在黑板前說：「該怎麼辦？」

穿水手服的四十七個同學，沒有一個人在聽我說話。

美都子跟旁邊的美江笑得樂不可支。

美都子和美江總是這樣，有說不完的話。

君子趴在桌上睡覺。

佐智子專心地看著電影雜誌。她不喜歡被人打擾，也向來不打擾別人。

小百合把包包裡的東西全散在桌上，對齊每一本筆記本的角落，然後再一一重新裝回包包裡。

紀子在墊板上削鉛筆。旁邊的松子想讓她也幫自己削鉛筆，正把鉛筆盒推向紀子桌上。

坐在教室最後面的琴枝把椅子往後倒，靠在教室牆壁的護牆板上。

在她身邊的人全都背向講台上的我，包圍著琴枝的桌子，偶爾刻意大聲發出尖細的聲音。

每次，琴枝都會挑釁地看著我。

一發出尖細的聲音，依然一臉嚴肅的和子與園子就會悄悄轉過頭，安靜地避開我的視線。

她們不想對上我的眼睛，聽到我說：「那個誰誰誰，有什麼意見嗎？」

我覺得自己的立場很蠢。其實我根本不想做這些事。

我也想坐在自己桌前繼續看小說，把所有事情都交給站在講台上的幹部，假如做出什麼決定，拖拖拉拉地照辦就好。

班上同學都知道，我沒辦法像一班的杉田那樣，成為肩負所有老師期待的領袖人物，也沒這個意思。我不是老師偏愛的學生，既非積極的反對者，也沒有願意犧牲奉獻的左右手。

我死了心，環視所有的水手服一圈。

我遲遲不作聲。

不過最後還是沒忍住，開了口。

「美都子，妳有什麼意見嗎？」

美都子說：「沒啊，沒什麼意見。」

她扭著那龐大的身軀，一對盛滿了嬌俏可愛的大眼睛瞪著我。

正因為我懂得瞪人的技巧，所以看到美都子這樣才更生氣。

後面又傳出尖細的聲音。

我一陣狼狽。琴枝再次眼神堅定地看著我。

我卑微地問：「琴枝，妳有什麼事嗎？」

琴枝清楚地大聲說：「喲喲喲，問我有什麼事呢，當然有啊，想搭訕呢。」

圍在琴枝身邊的人爆出一陣笑聲地看著我。

教室鴉雀無聲。

胃袋下方湧出一股力氣。

「如果大家都沒有意見，那就由我決定，可以嗎？」

「可～～以～～」

渙散的合唱無力拖沓地蔓延。

「哦？好像要幹嘛呢？」

琴枝語氣凌厲，挑著眼從正面看著我。

「我們要掃整個學校的廁所。」

一片安靜。

應該會有人提出更妥當的建議吧。

琴枝站起來。

「挺有意思的啊。」

然後，大家也都紛紛站起來。

我沒有退路，帶著激動的心情打定主意，就算只有一個人也要去掃廁所。

換上運動短褲跟體育服，我走向東側廁所。

來到東側廁所，看到琴枝在她剪得短短的妹妹頭上纏著一條像紙一樣沒皺紋的紅頭帶，手裡拿著水桶跟拖把。

她從運動短褲裡伸出的大腿，愈往腳尖方向愈顯細瘦。

就像國吉康雄畫中的馬戲團女人的腳一樣。那些圍繞著小個子的琴枝的人懶散地站著。

琴枝緊蹙著粗眉，挑起那對黑色圓眼睛的眼角說話，把我嚇了一跳。

「我們會把這裡全都掃乾淨，對吧！」

「喔，這樣啊。」

我轉過身去。

「佐野同學很行嘛。」

身後傳來琴枝的聲音。

「對吧。」

我轉過去，咧開嘴對她笑。

「喝！」

琴枝發出跟手球發球時一樣的聲音。

走到西側廁所，看到美都子那塞滿了整件運動短褲的大屁股露了一半在廁所門外。

她轉過來呵呵笑著。

美都子真的很適合掃廁所。就算她有一、兩個孩子也一點不奇怪。

每個廁所的四方形隔間裡都擠滿了人。

不可思議的是，大家竟然都顯得活力充沛，而且好像都覺得我出手是在干擾她們。

我走到辦公室前的教職員用廁所。

打開門，裡面已經有了手拿抹布的同學。

我無處可去，只好趴在地上擦竹簾。

門打開，一位上了年紀的英文老師走進來，嚇了一跳，尖聲道：「妳們在幹什麼？」

利枝莫名開朗地回答：「我們用班會時間在掃廁所呀～～」

英文老師就這樣關了門離開。

「我看他會憋不住吧。」

利枝說。

大家都咯咯笑了，我也笑了出來。

隔壁座位的美都子便當裡偶爾會放地瓜。

我小時候地瓜吃多吃怕了，所以看到美都子帶地瓜便當時特別開心，覺得很不可思議，本來覺得地瓜是窮人的食物，但好像不是這麼回事。

「妳真的愛吃嗎？」

看到無比珍惜地將地瓜折成兩半的美都子，我這麼問她。

「我奶奶蒸的地瓜很好吃。」

美都子甜甜地勾著我看，這麼回答。美都子露出這種眼神時，我隱隱覺得，男生應該都喜歡這種女生吧。然後我也忘了問她，原來地瓜有什麼特別的蒸法。

這時候，忽然有個重量壓在我肩上，有個人隔著我肩膀去拿美都子折了一半的地瓜。是琴枝。

我一驚。琴枝就湊在我的臉旁邊，把體重壓在我身上，咬了地瓜一口。美都子很開心地將便當盒推向我的桌子。儘管她邀請，我一次也沒吃過。琴枝的身體離開我，一邊吃地瓜一邊走了。

我的心還跳個不停，琴枝離開時覺得「可惜」的念頭，讓我自己一陣發涼。

每次體育課我都希望能快點下課。

我做什麼都不在行，也喜歡不了任何一種運動。

跳舞記不住舞步順序，壘球連一壘都傳不到。打排球時，球一來就本能想避開，老是被老師罵。

我有時候會呆呆站著。連自己都沒發現，就這樣愣愣地站著。

有時候，老師會罵我：「給我清醒一點!!」

在體育館上器械體操課時稍微覺得輕鬆一點。因為學校沒有太多器械，所以等待時間很長。

我靠著牆發呆。

然後視線一直追著琴枝跑。

就算告訴自己別看，一回過神，也總是下意識在尋找琴枝的身影。

琴枝在平衡木上像風車一樣轉著。她往上跳起、扭動身體，落地的那個瞬間，眼神堅定看著正前方。

靠在牆邊的同學都很佩服地看著琴枝的體操。

大家只是佩服，但是我知道自己的心情有點不同。

然後我刻意不看琴枝。

英文課時，我看到趴在桌上的琴枝的水手服衣領，有一種想緊緊摟住那肩膀的衝動。

打球時，琴枝會發出像男生一樣低沉的聲音。我一直很討厭體育社團的學生發出這種吼聲。可是打壘球時聽到琴枝放低了腰，擊球後發出「喝啊！喝啊！」的聲音，我覺得胸口一緊。

然後我盡量不去看她。

放學後，琴枝她們聚在教室一角。

我開始看《布登勃洛克一家》，讀到停不下來，錯失了起身的時機。說不定我其實想待在琴枝身邊。

「這裡有狗在，不太妙呢。」

是琴枝的聲音。

我一驚。

她說的是我。

我父親是這間學校的校長。

我假裝沒聽見，繼續看書。

書本成了沒有意義的文字排列。

到了晚上，荷爾蒙經常會來找父親。

在小小的職員住宅裡，到處都可以聽見來客的聲音。

父親讓去年懷孕的高年級生轉學去了京都的高中，還陪她一起去京都。我不認識那個人，對「不良」學生也一點興趣都沒有。那是跟我無關的世界。

荷爾蒙正說起琴枝那群人。

「畢竟去年才發生過那種事。」

是教務主任的聲音。

「他們經常聚在『青麥』。」

聽說琴枝她們跟男校學生會在「青麥」見面。

教室裡，琴枝對其中一個夥伴說：「真蠢，竟然叫冷，天氣明明這麼熱，妳說了之後男人會做什麼還不知道嗎？丟臉！」
我曾經聽她這樣忿忿說過。
我對於琴枝在外面做什麼一點興趣都沒有。對琴枝她們感興趣的事情也一點都不關心。
我只能無法抗拒地看著琴枝，然後覺得心驚。
我把廣播中的大學應考講座節目的音量調低。
荷爾蒙正在打電話給男校的教務主任。
他們約好一個小時後在「青麥」隔兩戶旁邊的電器行電視前會合。
我調高廣播音量，悄悄打開玄關門，跨上腳踏車。
我敲了敲騎腳踏車約十分鐘路程的琴枝家的玻璃窗。
玻璃窗裡掛著碎花圖案的骯髒窗簾。
琴枝家是開雜貨店的。
她的光頭弟弟走出來。
「琴枝呢？」

我急忙問。

弟弟說了聲「不在」，關上我眼前的玻璃窗。

接著我沿著河騎了五分鐘左右。電器行燈火通明，正中央朝著馬路放著一台電視，一群人聚在前面看電視。

剛好在播職業摔角。

「青麥」只有小小的綠色招牌亮著燈。我在電器行隔壁已經關門的米店前下了腳踏車。

中柱一直立不起來，我只好讓腳踏車靠在米店牆上。

推開「青麥」的門時，我的胸口跳得很厲害。

昏暗的店裡瀰漫著香菸的煙霧。

店裡，角落的座位區有七、八個男女。我看見了琴枝。

除此之外，沒有別桌客人。

琴枝穿著領口緊收的白襯衫和圓點圓裙，腳上是高跟涼鞋。

她轉過頭，往我這裡走過來。

手上拿著菸。

來到我面前時，開口道：「喲，書呆子班長，想搭訕了嗎？」

她蹙緊眉頭看著我。

「荷爾蒙等一下要過來，妳最好快點回去。」

我知道自己聲音裡有著卑微。

同時也有點施恩的味道。

琴枝眼裡銳利的光瞬間消失。

然後對我說：「謝謝。」

聽到這個聲音，那個彷彿穿透我身體的發亮箭頭瞬間消失，讓我很驚訝。

有股令人作嘔的感受湧上，我的感覺頓時劇烈地扭曲。

琴枝那圓亮的黑眼睛轉過去看著坐在位子上的男高中生。

那是個懦弱平凡女孩的眼睛。

「這女的是誰？」

一個襯衫鈕釦沒扣、臉上長著面皰的黝黑少年跨著外八步伐走過來。

他把手放在琴枝肩膀上。
小個子的琴枝就像個小女孩。
琴枝正要張嘴。
我直盯著琴枝。
「我是狗。」
說完，我關上門離開，沒有轉身。

我從窗戶進了自己房間。
應考講座廣播已經從數學課變成英文課。
還可以聽到荷爾蒙的聲音。
過了一陣子，荷爾蒙踩著嘎吱嘎吱叫的腳踏車走了。
嘎吱嘎吱聲漸行漸遠，慢慢聽不到了。

二十一歲——夏

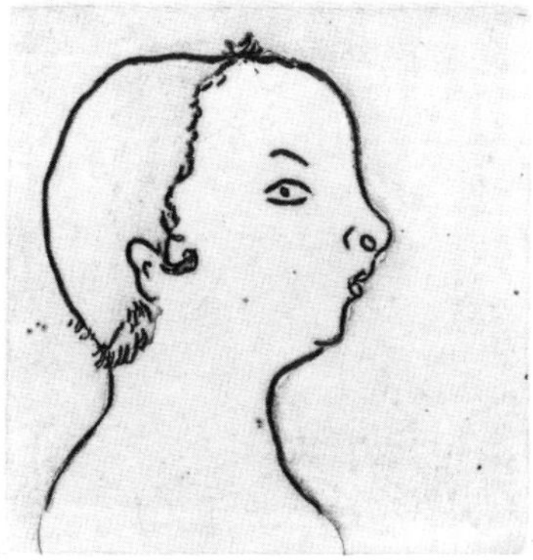

大部分來補習班的人都是十八歲。

小夜穿著像小學生一樣的碎花吊帶裙和蓬蓬袖白襯衫，可愛得過了頭。慢條斯理說起話時更像個小孩。

在小夜旁邊素描時，她說：「妳是想說些關於自己的事吧。」

我剛從鄉下來到東京，覺得會有小夜這種人存在正是東京的不凡之處，所以聽她這麼說，我有點驚訝。

「其實我是養女。」

她說話的方式很沉穩，小夜好像頓時變了一個人。

「所以我跟我媽處得不太好。但我身上流的是媽媽那邊的血緣，媽媽就是我阿姨。我跟爸爸感情好，但其實沒有血緣關係。

「我媽不喜歡看到我跟爸爸處得好。所以在家裡我得裝成跟爸爸感情不好的樣子。我跟爸爸有話要說時會去旅館。我可能不會去上大學。我媽想讓我結婚，不過爸爸希望我畫畫。妳是不是覺得我的衣服很奇怪？這是我媽叫我穿的。」

我第一次撇除蓬蓬袖和碎花圖案的吊帶裙，仔細看著小夜。

小夜有著比誰都令人心動的成熟性感。

「我現在要去跟我爸商量，怎麼樣才能上大學，我們會在旅館見面。」

小夜在還沒畫完的素描前疊好防髒汙的圍裙，離開了。

我不懂為什麼小夜這麼信賴我，我也覺得小夜是養女可能無法上大學這件事很可憐。

過了好幾年之後我才領悟，小夜彷彿下了重要決心般盯著我說了那些話，這當中說不定包含著更沉重的意義。

女生宿舍裡，麻里隔壁房的小黑是醫大實習生，一整年嘴裡都不停叨唸著德文單字，在房間裡兜著圈子走。

我和麻里吃到肚子撐，躺在床上翻雜誌時，進門的小黑煞有介事地開口：

「兩位，有件事希望妳們能老實回答。」

我和麻里對看了一眼，表情都很僵硬。我們犯了什麼錯嗎？不管有或沒有犯錯，要是小黑開口抱怨，我們不知道該怎麼回話。平常本來就不常說話了，頂多是有時候被她一吼「吵死了」會覺得緊張忐忑。

「妳們覺得我怎麼樣？」

小黑在我們面前雙腳開開地站著，交抱雙手。

「什麼怎麼樣？」

麻里倉皇地回答。

「我的成績是全A，我想頭腦是沒有問題的。我家都是醫生，血統應該也不錯。身高一百六十二公分，胸圍八十五。我皮膚白，膚況我還挺有自信的。但是為什麼他會選擇那個人，我實在無法接受。妳們老實回答我，我哪裡有缺點？」

小黑瞪著麻里和我，我們急忙起身端坐在床上。該怎麼回答才好呢？

「小黑很優秀啊。妳說對不對，人聰明身材又好，對吧？」

麻里拚命看著我的臉。

「嗯。」

「就是啊，所以我再怎麼想都想不通。我想來想去只有一個可能，這裡，牙齒，我的牙齒。」

小黑把嘴巴往兩邊拉開，食指用力滑過那排牙齒。

「我有點暴牙吧。」

「這算嗎？」

「只有這個可能了，我會想辦法的。應該就是這個吧。謝謝。」

小黑走出房間。

史子是五個女學生中最死板認真的一個。

一點都開不得玩笑。

同學之間都以綽號相稱，唯有叫她的時候還在綽號後面加了「小姐」。

女生跟男生說話都很隨便，但是只有她會慢慢地、認真地回答別人問題，所以沒有人會跟她隨便說話。

只有她周圍的氣氛一片凝重，她的時間彷彿留下了那麼一點點跟其他人不同的時刻。

教室角落的架子上排列著素描用的石膏。

傍晚時，空無一人的教室，光線有點昏暗。

有一座麥第奇的半身像。

史子踮起腳尖，把自己的嘴唇疊在麥第奇的唇上。

油畫科的順子就像是油畫科的女王，男生連順子掉下來的麵包邊都想吃。順子總是若無其事地用鞋尖踢走當作素描橡皮擦的麵包邊。

幸田寄宿的地方貼著一張年表。從一九××年那一年開始寫：

「四月五日　幸田宏與順子墜入愛河。」

當時才三月。

「六月二十五日 幸田宏，沉睡的天分逐漸甦醒。」

「七月一日 百號完成。新藝術到來!!順子感動。第一次答應接吻。」

「十月 新作獲得新人獎。我的時代終於到來!!跟順子訂下婚約!!」

年表約一公尺長，紙上記錄著幸田輝煌的未來。看到站在紙張前，皮膚黝黑、轉著骨碌碌的眼睛、老是冒冒失失的幸田，我眼淚差點要掉下來。

幸田的內褲、長褲和襯衫都各只有一件。洗長褲時只能穿著內褲，總是畫不太好。

順子看了年表笑了。「借我一下。」她搶過幸田手上的筆。

她在調色盤上重新沾了鈷藍色顏料，在年表最前面的空白處寫上：

「三月二十日 幸田宏，被順子拒絕。」

我心想，啊啊，原來今天是三月二十日啊。

大學的課外教學有兩星期，行程是奈良和京都古寺巡禮。酷暑的八月，我們整班搭著巴士，或者排成一列漫步在田中央。

白天的時間很無聊，我一心只希望美術史老師在古老佛像前的詳盡解說可以快點結束。

住宿於奈良公園前的老旅館時，一到晚上，我們忽然精神大振、忽然開心了起來。

班上五個女孩睡同一個房間，大家都換上睡衣在薄棉被上滾啊滾，一直開心地咯咯笑著。

「喂，不覺得水尾老師滿不錯的嗎？」

我說的是才三十歲卻已經有點微禿的美術史老師。

「啊？不可以啦，我已經喜歡他了。」

繪美子斷然阻止。

「我只是說他很不錯而已啊。」

「哦，是嗎？」

「對了，今天去藥師寺的時候，走在田中間時，他在旁邊對我說：『奈良很少天氣這麼熱呢。』他跟我說呢！嘻嘻嘻。」

「我在巴士上可是一直坐在他旁邊呢。妳看，根本就像指定席一樣。哈哈哈哈！」

我們尖聲亂叫，滾成一團。

「啊啊，吵死了。真討厭妳們這些小鬼。」是和江的聲音。

和江緊緊把枕頭抱在胸口，「呵呵呵」地笑著。

「淫蕩。」

繪美子推了和江一把。

和江有個離過婚、大她十歲的情人。聽說上大學之前他們就已經開始交往。

和江很會唸書，班上的男孩子對她講話都畢恭畢敬的。

「再借我一個枕頭。」

和江發出帶點鼻音的撒嬌聲。

「拿去。」

繪美子把自己的枕頭丟過去。

和江稍微張開她肉肉的腳，把繪美子的枕頭夾在雙腿之間。

「啊～～啊～～啊～～」

胸前、雙腿間夾著枕頭的和江翻了個身，轉向另一邊。

「啊，真是淫蕩。」

繪美子又說了一次。

這樣淫蕩嗎？或者她只是在胡鬧？

「和江，看見吻痕了啦。」

繪美子說。

「什麼？哪裡？不會吧！」

和江突然起身端坐，雙手在胸前交叉，抱著自己的頭，扭頭想看看脖子。

「騙妳的啦。」

繪美子笑了。

和江撲倒在棉被上，又抱著兩個枕頭「啊啊啊」地叫著。

對於還沒跟男孩子牽過手的二十一歲的我來說，並不覺得「啊～～啊～～啊～～」地抱著枕頭、在燠熱棉被上滾動的和江淫蕩，只覺得那樣好熱，真難入睡。

十九歲的小不點個子實在很嬌小，我一直覺得小不點是個年紀還要更小的小女孩。

小不點和我有時會趴在學校旁的草原上曬著背，有時會用手帕蓋住臉曬曬正面。我們很少說話。快要乾枯的紅色細草葉被我們壓在身下。

有時候會聽到小蟲子翅膀拍動的叮鈴聲。

「我昨天去海邊了。」

「跟誰？」

「跟我高中老師。他喜歡我。」

「畢業之後嗎？」

「不，還在學校時就開始交往了。」

「哦。」

小不點把她細到快折斷的手指疊在胸前，從手帕下發出微弱但通透的聲音。

「妳覺得我們去了海邊會做什麼？」

「我不知道。」

「他說只要我在他身邊就好，不管說什麼都好，只要能聽我說話就好。老師說他喜歡閉著眼睛聽我的聲音。」

「所以妳就一直說話？」

「對。」

小不點不只個子嬌小，而且還很瘦，有時候我甚至沒發現她是什麼時候進教室的。

「有那麼多事好說嗎？」

「老師不是對我說的內容感興趣，他是喜歡我的說話方式和聲音。我就算沒東西可以說，也可以一直講。」

「在海邊？」

「昨天是在海邊。」

趴在地上時，可以聞到土壤濕潤的味道和快乾枯的草味。

「走吧。」

小不點爬起來，把膝蓋靠向身體。

我看到小不點那張稚嫩的雪白小臉。

細細的脖子上有個直徑一公分左右的瘤。我一注意到小不點那個瘤就擔心她會在意，總是刻意避開不看，但視線還是會跑過去。

「我的脖子上不是有個瘤嗎？」

「嗯。」

「他很喜歡摸這個瘤。」

小不點用食指輕柔地、輕柔地摸著自己脖子上白白的瘤。

＊

美智子

妳過得好嗎？

前幾天見到了阿姨，她說妳現在很多人追，男孩子接二連三來找妳，之前還有兩個人撞在一起，聽說妳還分成兩個房間輪流跑著安撫他們。同樣是二十一歲，我可沒有情人。不過東京確實有些奇怪的男孩子。

有一個綽號叫葛拉的男生，長得很天真可愛，可是雙眼下垂，總是嘻嘻笑，其實他是個詭異的奇人。有一次為了交學校作業，他抱了一堆像小偷用的那種超大條唐草圖案布巾，算算竟然有二十八塊，在教室裡自己一塊一塊貼起來。老師先是「嗯～～」了一聲，然後只說了一句：「服了你。沒什麼能挑剔的地方。質跟量都沒什麼好說的。」我們全都安靜了下來。他這個人來上學時會躺在中央線座位上的網架上睡午覺，還會在擠滿人的電車裡攤開報紙吃便當。

上次他還在教室裡突然爬上桌子脫掉褲子，裡面穿的是跳舞用的女用褲襪，開始模仿起脫衣舞。

到了夏天，他會戴上草帽穿著短褲腳踏木屐，打扮得像個要去抓蜻蜓的小學生一樣，在銀座百貨公司前乞討。

他把帽子翻過來放在路上，自己趴在地面上，臉貼著路面呻吟：「各路大爺們哪～～」有個小女孩以為他是真的乞丐，還在帽子裡丟了十圓硬幣。

有一次我們大家一起去看展覽，我們很生氣，決定放著他不管邁步要離開，他哭喪著臉哀求：「等一下。請不要把可憐的小葛拉丟著不管。」故意讓附近路人回頭看我們。

雖然是個詭異怪人，但是他做出來的東西向來無可挑剔，所以深受大家尊敬。我也很佩服他，可是葛拉總是一直黏在我身邊，在學校還會故意說：「讓開讓開，這個人是我的女人。」明明跟我之間沒有什麼特別的關係，卻偏偏要這樣講，所以其他男生完全不會靠近我身邊。

我本來就沒什麼異性緣，這麼一來簡直絕望。

可是葛拉是唯一一個肯定我天分的人。他總是很仔細地評論我的作品，就連在學校分數不高的作品，他也會稱讚。我能夠有點自信都多虧了他，我發自內心覺得感謝，可是他每次都會一邊批評一邊挖鼻屎，再把鼻屎搓在作品上，有時候讓我覺得很噁心。我如果抱怨：「很髒吔！」他就會自己吃掉。

美智子

暑假我不能回去。為了準備參加展覽的作品，每天都很忙。葛拉邀我共同製作，我們現在一起合作。去年那個展覽，葛拉還是學生就已經拿下特選獎，非常受注目，所以大家都很想跟葛拉一起工作。現在葛拉跟我一起合作，連我也受到大家注目。可是他早上五點半就來我房間。搭著第一班電車，從蒲田大老遠來到下高井戶，我雖然真的覺得很佩服，可是寄宿處的大嬸有時會躲在紙門後面，假裝咳嗽。

我畫了香頌的唱片封面，葛拉在上面配上宛如美麗花朵般的藝術字。我看了相當佩服，不過我已經畫了上百張畫。葛拉一直不點頭說夠了、不用畫了，只是不斷鼓勵我：「好很多呢！愈來愈有感覺了。」我明明又累又熱快受不了，但他總是傻笑著，若無其事地說：「妳的畫充滿了透明感跟知性。」我忍不住信以為真。就在昨天，我們終於從裡面挑了十八張，每六張貼在一塊板子上，總算是趕上了作品進場的時間。令我驚訝的是，他離開我家後又自己畫了六張戲劇海報。進場時，大家都湧到那些海報前。說不定這次又要拿下特選獎了。

回程時，我們在御茶水喝冰咖啡慰勞自己。

他說我雖然有天分但是毅力不夠，所以過去的作品都不成氣候，而他知道自己沒有天分，所以付出比別人多五倍的努力，輸贏其實全憑自己。

接著他從包包裡拿出一件黑黃兩色的女用連身裙。「從我媽那裡偷來的，給妳。」我嚇了一跳。「你這算偷竊吧，你媽會生氣的。」他回答我：「她早就忘了。下次我偷黑背心來給妳。」

美智子

我跟葛拉絕交了。前幾天去朋友住處時，大家都在抽菸，我也試著抽了。

我開始覺得不舒服、意識漸漸飄遠，癱軟在地上。

這時，葛拉突然說：「走吧。」我是跟著葛拉到朋友家的，葛拉說要回去，我也不能不走。一離開，他馬上說：「妳不要這樣。」接著我們就開始吵架。

「不要怎樣？抽菸？」

「對。」

「可是和江也在抽啊。」

「不是指抽菸，是指那個樣子。」

「覺得不舒服的時候樣子本來就會比較奇怪。」

「不是，我覺得看起來不像平常的妳。」

「我可不知道平常的我看起來是什麼樣子。」

「還有，上次在電車裡，我用雨傘前面假裝要戳妳的鞋尖，妳不是笑得花枝亂顫地說很癢，叫我不要再戳嗎？下次最好也不要再那樣了。」

「你到底在說什麼啊？是你自己胡鬧要戳我鞋子的吔！」
「但我沒有真的用雨傘戳到妳的鞋子，正常說來怎麼可能覺得癢。」
「你再這樣我要生氣了，明明是你起的頭還說這些，我覺得癢所以想笑，哪裡不對？你每次都這樣，真是小人。」
「對不起、對不起，都是小葛拉不對。請接受我的道歉吧。」
說著，葛拉的臉在地上摩擦，整張臉都沾滿了泥巴。然後他笑得很刻意，雙手在地上到處摸，再拿手抹到自己臉上。
弄得滿臉都是骯髒的線條。
「我受不了你了。做什麼事都這麼刻意，都打過算盤，太做作了。我要跟你絕交。」
說完我就跟他絕交了。沒有葛拉黏在身邊，說不定我可以交到男朋友。妳好好期待吧。
可是之前我跟葛拉絕交過三次，還是有點擔心。

美智子

最近我常去上速寫課。每星期四晚上在荻窪畫具店的二樓，很有趣。這星期是第三次了。說不定我是天才呢。

今天我想早點去占個好位子，也不知是從誰那裡聽來的，葛拉竟然坐在最好的位子上。他完全無視於我的存在，模特兒來了之後一邊「哈哈」叫著一邊開始畫。他畫得很好，大家紛紛從他身後看著他的畫，我覺得很煩。我也沒管葛拉，繼續畫自己的。中間五分鐘休息時，後面突然出現一個聲音：「線條雖然很漂亮但是衝得太快了。要盡量維持在紙面範圍裡，否則突出去的部分就會變得敷衍。整體完整之後再做這些。」當然，一定是葛拉。

我忍不住脫口：「那要怎麼辦？我畫著畫著就會變成這個樣子。對了！我試著在大一點的紙上畫畫看。」一回家時，我們就好像沒吵過架一樣。他開口說：「我們去吃炒麵吧！」帶我去了一間很髒的店。

雖然髒，但是很好吃。吃完後，葛拉拿出筆記本，寫上「借洋子三十五圓，炒麵」給我看。我還以為他要請客，滿肚子不高興，馬上還他三十五圓。明天去學校真是難為情，因為我之前到處跟人家說我要跟葛拉絕交。這麼一來，我在大家心裡一點信用都沒有，而且我也永遠交不到男朋友了吧。

其實我有喜歡的人，是班上同學。我個性太強，無法告訴那個人我喜歡他，到現在都已經過一年半了。

昨天跟葛拉在咖啡館喝茶時，我竟然哭了。

我忍不住對葛拉說這件事。

葛拉說：「我跟妳說，千萬不能急，我看現在是不可能的吧。妳應該想先好好工作吧？說不定過不久就有很多人追妳了。」

「你一天到晚跟在旁邊，本來就很少的可能性就更少了。」

「才不是。那傢伙在深川有個青梅竹馬。」

聽了這句話，我心臟差點停了。我又哭了一陣子。在其他人眼裡，可能覺得我們是情人吧。之後葛拉說，他以前就喜歡一個唸女子美大的女孩，偶爾會去約會。我不敢相信葛拉竟然有女朋友，我問他，會不會在女朋友面前挖鼻屎，那個人知不知道葛拉會在電車網架上睡覺。他說：「她應該不會相信那些話吧，她非常尊敬我呢。」我覺得很佩服。「哦，你還真行。」

不過，聽到我喜歡的人有個深川的青梅竹馬，我還是大受打擊，葛拉在說什麼我都心不在焉，就好像地面上有一個一個的洞，而我掉進了洞裡，不斷往下墜一樣，一直安靜不說話。葛拉今天精神格外亢奮，送我回寄宿處，還故意跌進水池裡，兩手拎著木屐回去。

聽說妳訂婚了，秋天要結婚，一想到穿水手服的妳，就覺得妳從水手服的時代就有種很適合當太太的氣質。

下次週末我會回清水，到時候見面再聽妳詳細說。我跟深川那個人是不是連手都沒牽過就失戀了。我從剛剛就一直蓋棉被躺著。

美智子

畢製愈來愈忙，大家也陸陸續續決定了將來就業的公司。葛拉被ＮＮＤ這間知名大公司挖角，連就職考試都不用參加就破例錄用。我考了兩間，兩間都沒上。我還心心念念著喜歡的人在深川有個青梅竹馬這件事說不定是假的，度過了一段晦澀的青春。

昨天放學跟葛拉一起出校門時，他說：「我終於破處了。」

我不斷打量著他的臉。

「哦？什麼時候？」

「什麼時候都無所謂吧。」

「嗯～～跟誰？」

「跟誰有差嗎？」

「真是恭喜你啊。是那個女子美大的人嗎？」

「是不是呢？妳說呢？」

「你喜歡她？」

「廢話。」

「那太好了。」

「對啊，我們今天還要去約會。」

「去就去啊，真是太好了。」

這時候——

「你們老是這樣親親熱熱的，真噁心。」

成排站在學校牆邊的洋畫科男生大聲叫著。葛拉對他們說：「謝謝、謝謝！」故意誇張地敬禮，大步往前走。

然後說「別管他們啦別管他們」，蹦跳著往前走。

「我進學校之前就看上了那女孩。」

「哦，那這條路還真是漫長，恭喜啊。」

「託妳的福。」

「我要什麼時候才交得到男朋友啊？」

「不好意思啊，我先走一步。」

這個詭異奇人對我來說真是一個很不可思議的人。而我的青春是不是也會隨著畢業告一段落呢？

恭喜妳結婚。結婚典禮不管怎麼樣我都會參加，這可是我第一次參加婚禮。妳以前也沒參加過婚禮吧？有生以來第一次參加的婚禮就是自己的婚禮，妳真是太行了。

孩子的季節

公主的手指

小指上有根刺，我到醫院治療。小指腫得像隻黃色毛蟲，護士用雪白的綳帶替我纏起來。

媽媽說：「妳在這裡乖乖等著，我去拿藥，不可以亂跑喔。」

我坐在開著松葉牡丹的花壇旁邊。

一個跟我差不多大的女孩蹲在松葉牡丹旁邊。

我也學她蹲下來，看著那女孩。

女孩也看著我。

我像螃蟹一樣，稍微將腳和屁股往女孩那邊挪了挪。

女孩一直盯著我看。

我又朝女孩那邊蹭了蹭。

女孩一直盯著我看。

我再次像螃蟹一樣挪動屁股。

我的屁股撞到了女孩的屁股。

女孩彎起嘴笑了。

我也笑了。

「妳幾歲？」

我問女孩。

「五歲。」

「我也是。」

我和女孩都彎起嘴角笑了。

「我可以變成公主喔，妳看。」

女孩摘下深玫瑰色的松葉牡丹花瓣，用大拇指和食指揉碎花瓣。

然後塗在左手食指的指甲上。

「妳看！」

女孩高舉起豎起的食指。
真的像公主的手指一樣。
這時候媽媽來叫我。
我對她說：「等我一下，妳就這樣在這邊等我。不可以亂跑。」
女孩一臉認真地點頭。
公主的手指還豎在空中，她直盯著自己的手。
媽媽牽起我的手快步走了。
女孩舉著她公主的手，一直盯著自己空中的手。
媽媽拖著我快步走著。
媽媽把我推進車裡。車子開走了。

回家之後，我蹲在玄關旁邊，想著那在等我的女孩。
因為我說「妳就這樣在這邊等我」，所以她手舉在空中等著我。

女孩哭著說：「手好痛、手好痛。」

我把纏著繃帶、像白色毛毛蟲一樣腫起來的手指向半空。

我的小指像隻白色毛毛蟲，不是公主的手。

我的手一直一直舉向天空。

手愈來愈痛。

我忍耐著。

還得更痛才行。

我的手好像已經不是我的手。我覺得手好重好重，已經不痛了。

我好像沒有手了。

眼前變得模糊，有一片銀粉落下。我漸漸看不見自己舉在空中的手。

我站在醫院的花壇裡。

女孩公主的手牽著我纏上繃帶的手一起站著。

「對不起。」

我說。

女孩彎起嘴角笑著。

我也笑了。

「我知道妳會來，因為妳纏著繃帶的手從天空來了。所以我知道妳一定會來。」

「把我的手還給我。」

「不行，要是說謊妳會有報應喔。」

女孩把我的手藏在裙子後面，彎著嘴角笑。

我也笑了。

細細的銀粉灑在我跟女孩之間。

眼前降下一片銀粉。

我坐在玄關旁邊。

銀粉閃起晶晶亮亮的光，不知消失到哪裡去。

我用力握緊雙手。
我的指甲變成了玫瑰色。
纏著繃帶的雪白小指指尖也沾上了一點點玫瑰色。
女孩把我的指甲變成公主的指甲再還給我。
我在空中張開我公主的手。

小小的神明

哥哥把門拉開了一條細細的縫，蹲下來一直看著外面。我站著，把頭放在哥哥頭上看外面。我什麼也沒說，但是哥哥卻對著我說：「噓！噓！」

隔壁的門吱嘎一聲開了。隔壁的叔叔走過我們面前。我什麼也看不見，可是我知道。叔叔粉紅色的臉泛著油光，留著小鬍子正揮著手杖。

他穿著草綠色西服，腳上是沒有釦子也沒有綁帶、光滑閃亮的黑皮鞋。

我們靜靜待著。叔叔走了之後，我們站起來。

隔壁的阿姨抱著貓站在院子裡。隔壁阿姨沒有小孩，所以她把貓當成小孩。

哥哥說：「借過一下。」

阿姨沒有回答，對著貓說話。

「人家說借過一下呢。」

「人家說想從我們家二樓去玩。怎麼辦小玉？就這次讓他過去？記得不要弄髒樓梯，鞋子要疊好拿在手上喔。」

哥哥雙手拎著鞋爬上樓梯。我也雙手拎著鞋。

樓梯盡頭有一扇窗。哥哥雙手拿著鞋就這樣跳起來，消失了身影。

我雙手拿著鞋，站在地面上。

那裡是一座森林。

哥哥急忙穿上鞋，在森林裡跑著。

樹木之間傳來小孩子的聲音。我從來沒聽過這麼多小孩子的聲音。

正在爬樹的小孩跟樹幹一樣，顏色很深。

在上面，站在樹枝上的小孩看起來是綠色的。

更上面的小孩在太陽照射下閃閃發著光。

蹲在地上的小孩身上有著斑駁的光影。

從沒見過這麼多小孩，從沒見過的森林。我沒有出聲。
我把背緊貼在隔壁房子的牆上。
我抬頭看著自己跟哥哥跳下來的那扇窗。
窗戶還開著。
我已經爬不上那麼高的窗。
哥哥去哪裡了？
我繼續把背緊貼在牆上，像螃蟹一樣橫著走。
我背後的木牆忽然一塊一塊地碎裂。
泥巴從我背後掉下來。
而我還是繼續像螃蟹一樣走著。我背後抵著一個硬硬的東西。
有扇窗戶，開了一半的窗戶。
我側眼看著那扇窗。
黑暗的細長房間裡，可以看到一張木床的邊緣。我總覺得好像去過那個地方。我偷偷往裡面看。

床中間有個露出整顆屁股的嬰兒。
一個女人來了，開始把嬰兒屁股漂漂亮亮地包起來。
哦，原來是奶媽啊。
這裡是奶媽房間的後面。
我都不知道奶媽房間的窗子對著這麼一片森林。
我也不知道奶媽會把嬰兒屁股這樣一圈一圈地纏起來。
我穿上鞋子。
「哥哥～～」
我大聲叫著，開始在森林裡跑了起來。
哥哥在眾多小孩裡是最小的一個。
掛著幼稚園的小熊包包，在我面前總是很威風的哥哥，在這當中是最小的一個。我胸口撲通撲通地跳著，覺得哥哥很可憐。
哥哥前面有一個比他大一點點的男孩子，腳踝纏著白色繃帶。那個人手裡握著多到數不清的大顆豆子。

哥哥看著那些豆子。

他的表情就像討餅乾的約翰一樣，我很想哭。

男孩給哥哥一顆最小的豆子。

「謝謝。」

哥哥不斷對他鞠躬道謝，表情就像拿了餅乾之後的約翰一樣。

哥哥轉頭看著我，笑了。

「很厲害吧，這可是刀豆呢。」

他咧著嘴對我笑。

我也想要刀豆。

爬樹的小孩從樹上丟下刀豆。

纏在樹上的藤蔓上有很多刀豆。

我和哥哥都在撿掉在地上的刀豆。

哥哥把刀豆一顆一顆地插在肚子周圍的腰帶上。

因為那個腳上纏著繃帶的男孩也這麼做。

圍裙的口袋裝滿了。

腳上纏著繃帶的男孩來到我身邊，說：「妳想要我就給妳。」

男孩的氣息就在我耳邊，有著像牛奶一樣的味道。

我從來沒跟哥哥以外的男孩玩過，覺得這樣很對不起哥哥。

哥哥很開心地說「太好了」，把手放在我肩膀上。

我彎著嘴笑了，挑了第二大顆的豆子。

我沒有把收下的豆子放在口袋，而是放進內褲裡。

「跟我來，告訴妳一個沒人知道的祕密。」

哥哥拚命跟在纏著繃帶的男孩後面。

我也半小跑步地跟在他們後面。

放在內褲裡的豆子抵著我的屁股，讓我不好走，我一邊扭著屁股一邊跑。

本來在前面的豆子跑到屁股那邊，我不再扭屁股，試著正常地跑。纏著繃帶的男孩走過奶媽房間前，經過我家廚房的窗戶。

「這裡是我家。」

男孩從奶媽房間隔壁的廚房窗戶往裡看，說道。

「好破爛喔。」

男孩從廚房窗戶丟了一個刀豆進去。

哥哥也丟了一個。

我也丟了口袋裡的豆子。

我覺得哥哥變成那男孩的手下這樣很好。

「過來這裡，不可以跟別人說喔。」

「嗯。」哥哥說。

「嗯！」我也說。

男孩走進樹林之間。

後面有很多小孩的聲音。只有我們正走向「祕密」。

男孩在樹林裡兜了好幾圈。

「就是這裡。」

樹下有一塊四方形、光滑的黑色小石頭。

黑色石頭上有紅色的圖案。

「這是神明。」

「喔。」

這就是神明啊？

男孩東張西望地看著周圍。

「不可以告訴任何人你們看過神明喔。光是看過就可能有報應。」

「喔～～」

早知道就不要看神明了。

「可是在這上面尿尿才會受到真正的報應。在這裡尿尿的人，都會受到報應死掉。」

我握著哥哥的手。

哥哥也握著我的手。

「我來尿尿看吧？」

哥哥什麼也沒說。

男孩從短褲掏出小雞雞，打開雙腿跨在神明上。
我覺得很害怕，但是又很想看看是不是真的有神明的報應。
小雞雞的前面噴出水來，弄濕了神明。
「你們看著吧，我會遭報應死掉。你們這麼小，一定辦不到吧。」
哥哥看看我的臉。我兩手拉著哥哥，不讓他靠近神明。
「回家啦，我們回家啦。」
男孩收起他的小雞雞。
「不可以跟任何人說喔。」
「好強喔。」
哥哥充滿崇拜地看著男孩。
我真希望哥哥不是個不敢尿尿、又小又懦弱的人。
但是哥哥沒有對神明尿尿，所以不會有報應，我很安心。
我緊緊握著哥哥的手說：「回家啦，我們回家啦。」
可是我們該從哪裡回去呢？

媽媽問哥哥。

「聽說你昨天跟那個人玩了？」

「嗯。」

哥哥轉著眼珠子看我。

「我沒看過那樣突然死掉的孩子，他腳上纏了繃帶是嗎？」

「嗯。」

「他走路有一拐一拐的嗎？」

「沒有。」

「真奇怪，聽說他身體沒有哪裡不好。是不是細菌從哪邊進到身體裡了？你有沒有摸到？」

「沒有。」

「真的？要是感染到細菌就糟了喔。」

哥哥眼裡出現害怕的光，害怕的光線傳到我眼裡。我們知道我們兩個人的眼睛都傳出害怕的光線。

我和哥哥在客廳的桌子下。
哥哥從短褲裡掏出小雞雞。
然後他眼裡帶著害怕的光線，一直盯著自己的小雞雞。
我也帶著害怕的光線，看著哥哥的小雞雞。

哥哥蹲在門好木棒的門前，豎起耳朵專心聽。
我蹲在哥哥身邊，豎起耳朵專心聽著。
隔壁門打開了。
隔壁的叔叔走過我們面前。
我們什麼也沒看見。
腳步聲愈來愈遠。
隔壁的阿姨大聲對貓說著話。
「今天沒來呢。小玉，真奇怪，他們不再去森林玩了嗎？」

我和哥哥眼裡漸漸出現害怕的光，兩個人盯著彼此的眼睛看。
我們一直一直坐在門前。

四方形的天空

媽媽穿上天鵝絨支那服[2]、裹著狐毛圍巾，腳踏高跟鞋搭上門前的人力車，不知去了哪裡。

媽媽走了之後，我用粗木棒門著門上的鐵環關好門。門是六角形的，塗成綠色。粗木棒也是綠色。

我把鼻子湊在門上嗅著味道，聞到灰塵的味道，我真想一直聞著這味道。

耳朵貼在門上，可以聽到隔壁的鴨子嘎嘎叫著走過我家門前。

院子裡安靜無聲。

我到黃色的花那邊去找螞蟻。花的根部沒看到昨天排成一列的螞蟻。我找到一根細細的樹枝，挖著花的根部。說不定昨天的螞蟻躲在下面。

稍微挖一下就跑出了白色的蟲。白色的蟲扭啊扭地想逃走。我用樹枝吊著白色的蟲，輕輕把牠們帶到砂場。然後挖了一個洞把白色的蟲埋起來。我把砂子堆得又高又圓，摘下一朵黃色的花，幫白色的蟲蓋了墳墓。

我想再找一隻白色的蟲，又挖著地面。

這時候門鈴響了。

我連忙跑到門邊，很快地抽掉綠色粗木棒。

門外有一個男乞丐。

乞丐的腰間掛著一個小袋子，帶著牛奶罐。

我學爸爸平常的樣子，對他說：「家裡什麼都沒有，呿！呿！」

乞丐正要離開。

我急忙對他說。

「家裡什麼都沒有，不過應該有烙餅。你喜歡烙餅嗎？」

「很喜歡。」

「那你等一下。」

我進了廚房，把當點心的烙餅拿來。

乞丐坐在門前等我。

乞丐撕了一點烙餅開始吃。

他吃得很慢。

因為實在太慢了，我盯著他的嘴巴說：「你再吃一次。」

乞丐又撕了一點烙餅放進嘴裡，慢慢地、慢慢地吃。我也很想跟乞丐一樣慢慢地吃烙餅。

乞丐把剩下的烙餅折成兩半塞進牛奶罐裡。

「你不吃了嗎？」

「晚一點再吃。」

「你要走了嗎？你想不想看白色的蟲的墳墓？剛蓋好的喔，還活著的時候就放進墳墓裡了喔。」

我拉著乞丐的手，帶他到砂場。

「在墳墓前要拜拜。我要拜拜，你也一起拜嗎？」

「好啊。」

我在墳墓前蹲下開始拜拜。

「換你了。」

乞丐站著低下頭，把插在衣服袖子裡的雙手在頭前面揮了三次。

「我問你，那個袋子裡放了什麼？」

乞丐輕輕摸了掛在腰上的袋子，開始往門那邊走。

乞丐喊了聲「嘿咻」，坐在門前。

乞丐把手伸進袋子裡，把指尖拎著的東西拿到鼻子前。

「啊，好香喔。」

那東西翩翩落在我的手上。橘色的粉末落在我手上。

橘色粉末濕濕的，在我手上堆成了一座小山。

「這是什麼？」

「這是森林。妳沒去過森林嗎？」

「我沒有離開過這裡。」

「森林是比這裡還要更大的地方。」

「這裡也很大啊。森林的天空也是四方形的嗎？」

乞丐抬頭仰望。

從我家土牆包圍的院子抬頭，可以看到四方形的天空。

四方形的天空很藍。

「你看，天空是四方形的唷。」

乞丐盯著我的臉看。然後他說：「對啊，天空是四方形的。」

「那森林的天空是很大的四方形嗎？」

乞丐什麼也沒有回答。

「妳伸手到袋子裡看看，好好抓住那些粉末，鬆手之後，聞聞手上的味道。」

我把手伸進乞丐的袋子裡。袋子裡裝了很多濕濕的、粗粗的粉末。我從袋子裡抓出一些粉末。手上沾著散開來的橘色粉末。我小心地聞聞那味道。

那是我第一次聞到的氣味，但是又覺得好像在哪裡聞過。我一直把手放在臉前面。

「好好聞喔，我想去森林。」

「我也想去森林。」

「你是乞丐啊，想去就能去。但是我不行，我太小了。」

乞丐把手放進袋子裡。

「說不定我馬上就能去。妳想不想看我從這裡飛到森林去？」

「想！」

「可是只有我的手指能去。如果只有手指，就可以飛到森林去。」

我的胸口跳得很快。

乞丐把左手從袋子裡拿出來，很快地用右手抓住左手大拇指。

「去吧！飛走吧！」

乞丐的右手扯下左手大拇指，往天空一丟。

被扯下的大拇指朝湛藍的四方形天空飛去。

我看到大拇指露出圓圓的白色指甲在湛藍天空裡飛著，看起來就像鮮紅色。

鮮紅的大拇指朝四方形天空的中心，漸漸變成紫色，然後變成一個小黑點，被吸進藍色當中。

我看著乞丐的左手。

乞丐的左手只剩下四根手指。

我揪著乞丐。

「不要！這樣很痛！你的手指飛走了，笨蛋！你沒有手指了。很痛吔！」

乞丐把左手放進袋子裡。

「不要緊，它等一下就會從森林回來了。它會從天空飛回來，回到這個袋子裡的。」

我看著四方形的天空。

湛藍的四方形天空裡什麼都沒有。

「你騙我，才不會回來呢。它走了、走了啦！」

「妳看，已經回來了啊。」

乞丐翻動著左手，大拇指好好的。

「騙人！那是假的大拇指。真的大拇指已經飛走了。」

乞丐雙手摸著我的頭髮。

我聞到森林的味道。我很希望乞丐可以一直這麼做。

「妳看，回來了啊。」

乞丐在我面前翻動著雙手。真的有五根手指。

但是我知道，那不是真的大拇指。

「走開！走開！呿！呿！」

我學爸爸朝乞丐揮著綠色粗木棒。

乞丐笑著走出門，對我揮著左手。

乞丐把裝烙餅的牛奶罐放在門口忘了帶走。

我拿起罐子跑過去。

「已經不痛了嗎？騙人！騙人！」

「不痛不痛。」

「呿！呿！走開！走開！」

我一直站在門口，直到再也看不見乞丐為止。

然後我哭著把綠色粗木棒門在六角形門上。

我回到砂場，替乞丐的大拇指蓋墳墓。

媽媽穿著天鵝絨支那服、裹著狐毛圍巾，腳踏高跟鞋回來了。

「有人來過嗎？」

「嗯，只有一個乞丐來過。我跟他說：『家裡什麼都沒有，呿！呿！』」

「嗯，妳真棒。」

「然後我把棒子拿起來，跟他說呿！呿！」

「這樣啊，真棒。」

媽媽摸了一下我的頭。

「咦，妳的頭怎麼了？」

她靠過來拉了拉我的頭髮。

「妳頭上都是木屑呢。」

媽媽穿著紫色緞子支那服、裹著狐毛圍巾，穿著上面有紫緞繡花的支那鞋，在門前坐上人力車不知去了哪裡。

我把綠色粗木棒閂在六角形門上，關好門。

我將耳朵貼在門上，保持安靜。

隔壁的鵝嘎嘎叫著經過我家門前。

我一直把耳朵貼在門上。

如果乞丐來了，我讓他看看大拇指的墳墓才行。

註2　「支那服」指的是當時的中國服飾，為了呈現作者創作的時空背景及時代感，因而在此保留「支那服」一詞並以註解補充說明。

白色的原野

我看見哥哥在穿鞋，奶媽也看見了。奶媽很著急。

奶媽拉著哥哥的手，打開門走出去。

哥哥走到門那邊時回頭看了我，彎起嘴笑了笑。哥哥可以去幼稚園，所以他看著我彎起嘴笑了。我跟在奶媽和哥哥後面。我們家被土牆包圍著，我一直跟著他們到家門前的胡同。

在出胡同門那邊，哥哥又看了我一次，咧嘴笑著。

我沒有笑。

出了胡同的門，有四棵並排的高大棗樹。

我抱著粗壯的棗樹。我的臉頰摩擦著粗糙的棗樹，看著哥哥去幼稚園。

奶媽和哥哥轉過右邊那條路，再也看不見。

看不見哥哥之後，我也沒什麼想看的東西。

這時候，兩輛並排的銀色腳踏車騎過來。
腳踏車上是穿著同樣藍色衣服的中國學生。
女學生跟哥哥一樣把藍色袋子掛在肩上。
女學生在第四棵棗樹下停住腳踏車。
兩個人小聲說著悄悄話，然後看著我。
女學生牽著腳踏車往前走。
然後她們轉過頭看著我笑。
我離開棗樹，跟著那兩輛銀色腳踏車。
女學生在哥哥消失的那條路轉彎。
我第一次來到比棗樹更遠的地方。
轉過看不見哥哥的那個轉角，忽然出現一片明亮寬廣的原野。

細細的小道持續延伸到原野裡。女學生彎過沿著土牆的那條路，並沒有往原野的方向走。

兩個女學生小聲地說著悄悄話。

我靜靜地跟在閃著銀色光芒的腳踏車後面。

銀色腳踏車發出銀色的聲音。

來到這麼遠的地方，說不定回不去了。

腳踏車發出銀色的聲音，我不知道該什麼時候停下腳步回頭。

女學生沿著土牆走。

女學生在柳樹下停下，把腳踏車放倒。

躺在地上的銀色輪子一直在轉動。

腳踏車銀色的光更加閃亮。

女學生轉過頭看著我笑。

我也笑了。

一笑，胸口就會跑進很多空氣，我的身體變得軟呼呼的。

女學生放下肩上揹的袋子，拿出裡面的雪白手帕攤開在地面。

然後坐在手帕上。

我面前擺著四隻黑色天鵝絨鞋。

天鵝絨鞋有細細的皮帶，還有圓圓的黑色鞋釦。

我蹲下來一一摸著那四個圓圓的鞋釦。

女學生大聲笑著。

女學生讓我坐在她們中間。

我穿著有紅色繫帶、漆成鮮紅色的木屐。

我看著黑色天鵝絨鞋之間自己的紅色木屐。

然後那兩個女學生指著木屐，很快地說著話。

她們說得太快，我聽不懂在說些什麼。

我的木屐很新，腳跟那裡還有蝴蝶。

我脫下木屐想露出蝴蝶。

「真是苦愛啊。」

女學生拿起我的木屐看。

「這是蝴蝶喔。」

「這是，蝴蝶喔。」

女學生學我說話。

「不對，蝴蝶。」

「乎蝶。」

「妳好笨。」

「妳好奔。」

女學生笑了，我也笑了。

「這是誰做的？」

「不是做的，是買的。」

「妳中文說得很好呢。」

「我說得比媽媽好。」

我又摸了一次女學生的黑色圓鞋釦。

「這是女校的鞋子，這是女校的衣服，這是女校的襪子。這是女校的腳踏車。這是女校的包包。」

「我也有幼稚園的包包喔。」

我並沒有幼稚園的包包。

「而且我還有幼稚園的衣服。」

我不知道什麼時候才能去幼稚園。

「我還有一百雙穿去幼稚園的木屐。」

哥哥都穿有繫繩的皮鞋去幼稚園。

「妳真有錢。」

但是我知道。爸爸說過，會去女校的中國人是全世界最有錢的人。

「妳沒有木屐吧。」

「我才沒有木屐呢，但是我有很多鞋子，絹做的鞋子，上面都有刺繡。粉色的鞋跟粉色的衣服一樣都有刺繡。」

「繡什麼？」

「很多啊，有玫瑰花、有小鳥，還有松葉牡丹。」
「但是沒有蝴蝶吧。」
「也有蝴蝶啊。」
「跟這個一樣嗎？」
「不一樣。」
「妳看，用這個圖案做衣服還不錯吧？」
女學生摸著我木屐上的蝴蝶，開始很快地說話。
她想把我木屐上的蝴蝶繡在衣服上。
她要做一件袖子上有大隻白蝴蝶的藍色洋裝。
另一個女學生要做綠色洋裝。
我木屐上的蝴蝶為了變成藍色緞料的洋裝，要飛呀飛地變成好幾隻。
也要為了變成綠色洋裝，飛呀飛地生出好幾隻。
「給妳個好東西，只給妳喔。」
女學生打開包包，拿出一瓶蘇打，然後又拿出一個亮晶晶的黃色四方小包。

女學生把瓶子橫放抵在柳樹樹幹上，然後用力拔開。

瓶蓋噴開，蘇打的泡泡冒出來。瓶子裡忽然湧出好多閃閃發亮的細碎泡泡。

女學生打開四方形的小包，拿出邊緣凹凹凸凸的餅乾。

女學生拿出一片餅乾，把蘇打淋在上面。

蘇打潑了出來，地上變成黑色的。

女學生把淋了蘇打的餅乾給我。

我胸口怦怦怦地跳。

我知道，其實蘇打不是用來喝的，應該淋在餅乾上。只有騎銀色腳踏車、全世界最有錢的女學生知道真正的吃法。

我安靜地吃下。

一半很軟很冰、另一半脆脆的餅乾在我嘴巴裡漸漸融化。

女學生也吃了餅乾，吃了好幾片。

女學生總是很正式地吃餅乾，所以很懂得怎麼吃。

但是我是第一次，我知道不能只吃一片。

但是女學生只給了我一片。
女學生吃完之後把發亮的紙擰成一團，丟進袋子裡。她把蘇打的瓶子倒著搖了搖，也裝進袋子裡。
這時候，從土牆角落出現好多騎銀色腳踏車的女學生。
「等等我！」
女學生對她們揮手。
女學生急忙抓起我一隻木屐放進袋子裡。
另一個女學生也把另一隻木屐放進袋子裡。
「那是特別的餅乾，所以這算是交換。」
女學生急忙扶起腳踏車，翻身騎上去。
很多銀色腳踏車往原野那邊騎去。
兩台腳踏車也消失在那當中，很多腳踏車在原野閃著銀色的光。
原野的遠方敞亮雪白。
寬闊的原野上什麼也看不見。

我光著腳。

周圍一片安靜。

我很想哭。

但是我不知道該什麼時候哭出聲才好。我想回家。

可是我的腳不動。

我不知道該什麼時候移動我的腳。

我一直盯著銀色腳踏車消失的雪白原野。

雪白原野上有些黑色的東西。

黑色東西匆匆往這裡走過來。

黑色東西靠近的時候，我看出那是帶哥哥去幼稚園的奶媽。

奶媽發現我時，我大聲哭了出來。

奶媽在找我的木屐。我哭得更大聲了。

奶媽沒找到我的木屐。

奶媽拉著我的手到棗樹下。

在棗樹下又找了一次。

「妳丟到哪裡去了？倒是說句話啊。不要再逞強了，快點告訴我。」

我什麼也沒說。

奶媽用力拉著我的手。我哭得更大聲。

奶媽想把我拉進家前面那條胡同。我故意讓她拖著、拉著。

我聽見隔壁家的鴨子嘎嘎叫著。

看見我家那扇六角形的門了。

奶媽按下門鈴。

有人拉開門上的木棒。

門打開，看見我家的院子。

我的臼齒上還沾著一點剩下的餅乾。

我用舌尖又吃了一點。

然後用最大的聲音哭了出來。

人生在世終歸一死。在這世間，沒有誰能擺脫這種命運。

生命苦短。

在電視上看到火箭登陸月球時，我心想，啊～～男人真是閒著沒事。那些閒著沒事的男人們凝結了身上所有力量、匯集了人類累積的歷史，躍入宇宙。

女人也很閒。女人利用閒暇生養小孩，然後做好飯菜等著家人。那或許就是名之為愛的行為吧。

從摘著花玩的兒時到真正長大成人，我到底都在做什麼呢？

直到最近我才知道，不知不覺中，自己都在上一堂「如何愛人」的課。

在此深深感謝冬樹社的中澤洋子女士，願意將《戀愛論序說》這麼個胡鬧的書名視為一種幽默，大度採納。

一九八四年十月　佐野洋子

附錄
連光寺的朝鬱

谷川俊太郎

一本書籍的問世，實在很不可思議。白色書頁上排列的是平凡無奇、早已看慣的日本文字，但是讀著讀著，竟能在白色書頁上看見各種色彩，最後還會由藍見天、由灰見石、由褐見樹、由紅見唇、由白見雪、透明見淚，從顏色看見各式各樣的形狀。在這之後，雲和風，草和蟲，孩子的腳和大人的手紛紛開始活動。

假如是神開天闢地也創造了我們人類，當時是否也是一樣的光景呢？從糾結盤旋的混沌中浮現、成形，開始活動。無論是多麼嚴謹的作品，能讓人感覺到那種誕生的不適，且又讓人感同身受體驗到甘美時間流動的書，其實不太多。這本書誕生自充滿了未成話語之事物的世界，而非來自已被人類命名之諸象萬物。

或許佐野洋子就在自己也沒有察覺之下，寫就了這麼一本書。

創造色彩、形狀和動態的是話語。話語也會創造話語，但初始的話語並非如此。可是當我們說「太初有道」時所指的話語，並不只存在於遙遠世界初始的黑暗中，同時也藏於此刻所訴說、書寫、聽聞、閱讀的文字及聲音當中。話語不斷誕生自至今依然無以名狀的混沌中。而與話語共同誕生的，則是現實。在此要區分出事實與想像並不容易。

早在我們出現在這個世上之前，現實已然存在。那裡有「相思樹」、有「有點變黃的葉子」和「漂亮的青綠色葉子」，也有「穿著白色水手服的小健」。這些連結著六歲「洋子」的內部和外界。但是如果四十年後，佐野洋子沒有賦予這些東西名稱，對我們來說，它們就不會成為現實。

我們從這本書裡乍看單純卻又極其特別的敘述方式所講述的故事中，讀到的並不是成人感傷的回憶，而是活過孩提到成人之間各種不同時光的作者，宛如現在依然活在這些故事中的真實報告。所有一切已經誕生在某處，而我們必須重新去發現這些，才能活下去。不只是從話語中產生的話語，正因為有從無法命名的世界所生的話語、從混沌所生的話語，才有可能生存。話語誕生的瞬間同時也是現實誕生的瞬間。在日常生活中，話語並不一定都是這樣誕生。我們反而是依靠著從話語而生的話語而生。憑藉著古今人類創造的各種觀念而生。佐野洋子有時也會寫出這樣的話語。但這絕不能滿足她。

佐野洋子企圖寫下話語還沒能說得精準、甚至絕不可能說得精準的東西。那儘管用的是已經存在的話語，她也嘗試去發現自己心靈和身體最深處的未知。那或許很類似幼兒牙牙學語的時候。幼兒從大人身上學會說話，發現身邊世界的秩序，但其中卻有著他們尚未自覺到的異樣，也因此，孩子偶爾會有令大人驚訝的新鮮表現。佐野洋子成為大人的現在，依然執著於那些突兀的感受。所以她不斷反芻自己幼時的體驗，有時甚至頑固地抗拒替某種情感賦予一個名字，同時比起明晰，她更會往曖昧裡探尋現實的深度。這種時候，她不得不去凝視那些無名之處、那些渾然混沌。在這些不安的驅使下，佐野洋子提筆書寫。

感覺和感情原本都沒有名稱。我們給它們套上現成的名詞，加以整理。假裝沒看到那些無法套用的存在。但這些苟且的安心卻背叛了事實。我們就這樣制伏了那些無法套用、多餘的存在，或者斷然割捨。我們有時不承認事實是事實，卻想用觀念來釐清世界。對於掌握話語的人類來說，這或許是無可避免的一條路。因為我們是發現了秩序，藉由引進秩序才好不容易能活在這世上的存在。

然而，佐野洋子從老實承認自己所感受到的事實出發。她不急著賦予名稱，也不試圖整理。不管眼前的事實令人不適或者充滿矛盾，她也絕不移開眼神、絕不逃避。例如〈九歲——初夏〉中「我」對鈴木先生的感情，正因為她沒有做任何解釋，才會如此真實。她毫不留情地描寫我們以為自己深信不疑的秩序背後存在的混沌。也正因為這些都是事實，所以可能讓我們覺得不適。

有時候我覺得，寫文章時的佐野洋子的眼睛是畫家的眼睛。每一個動作和對話，她彷彿都在無比精準地素描。直接看見眼前一切的眼睛、能夠看見被埋沒在生活中的事物的眼睛、連不想看的東西都看見的那雙眼睛，並不會將自己合理化。她將自己也視為世界的一部分，公平看待。這種能力與其說是努力所獲，更像是一種天性。但是要凝視一個無法命名的世界，除了資質也需要勇氣。自己甘冒消融瓦解之危險的勇氣。

*

佐野洋子住在多摩市連光寺這個地方。她第一次帶我去的時候，過了多摩川還要走好一陣子，我心想，那應該在山梨縣和神奈川縣的交界附近。那地方在一座小小的丘陵上，緊接著並排的櫻花樹後，四周有雜樹林包圍，非常漂亮。

附近有一座似曾相識的建築物。仔細想想，那棟建築物是我小學時遠足曾經去過的聖蹟紀念館，我知道理應不會位在人煙太稀少的地方，不覺有些失望。一開始我還心想會不會有熊跑出來，不過需要畫熊時，佐野洋子都會到附近的多摩動物園去。

幾年前蓋的房子有著三角形、鋪了屋瓦的屋頂，看起來很像回事，就像小孩畫畫時會畫的那種房子一樣。可能是因為覺得家就該像個家吧。她覺得會出現在建築雜誌裡的那種現代住宅很難為情。但是家裡養的雜種柴犬卻一點也不像柴犬，可能混了一些臘腸血統，腿很短。佐野洋子對此也像是自己的事一樣覺得難為情，可是聽到別人說這隻名為桃子的狗壞話，她也不開心。

除了不像柴犬的柴犬之外，她還養了貓，名字叫咪孃。咪孃年事已高。以人類來說大概跟宇野千代差不多吧[3]。這隻貓經常自言自語，但很有氣質。牠會好好地鑽進暖爐桌裡，也會開心地吃沙丁魚頭，可以說是很像隻貓的貓。要說缺點，就是太愛吃海苔，連客人吃的海苔都要搶食。佐野洋子很擔心咪孃死了之後不知該怎麼辦，但她又說自己並不喜歡貓。

這算是矛盾嗎？但她從不是個懼怕矛盾的人，她是個對矛盾感興趣的人。不，甚至應該說，她這個人並不相信不存在矛盾的事物。對她來說，咪孃不是一般的貓，因為長年相伴，咪孃已經超越了貓。但她也並不會把咪孃當人對待。她並不溺愛，有時也會無情地把咪孃從桌上推落。看起來她對等地對待咪孃和其他生物。即使討厭貓這種生物，但是對於人類擅自命名之前存在於自己眼前的這個生物，她依然產生了共鳴，這也讓她畫裡、文章裡的動物都如此鮮活靈動。

另一個同居人是大個子、沉默寡言的年輕男人。她對這個男人相當費心，讓人看了幾乎不忍。男人抱怨咖哩飯難吃，開始自己準備其他配菜時，寫稿到一半的她也無法專心。她還買了一隻專用電話，方便男人跟朋友通電話。不過她其實也別有用心，希望自己講電話講久了不會受到干擾。煲電話粥的對象有時是女同志，有時是美國政府職員，有時是家有痴呆老人的摯友，也可能是詩人，可謂多姿多采。裝了新電話後，年輕男人應該也鬆了口氣吧。

她跟這個血脈相連的男人感情到底算好還是不好，實在很難判斷。他們聊起新出刊的漫畫、爭奪流行的黑皮背包時，似乎很是投合，但是一講到教育問題往往就會陷入緊繃的氣氛。如果有報紙媒體等要求採訪關於教育的話題，她總是格外堅決地斷然拒絕，看來因為這男人，讓她切身體會到教育問題之困難，所以不想輕率地妄言評論。

兒子對她來說也是一種混沌吧？再怎麼哭、怎麼吵也無法盡如人意，充滿生命力的可怕形體，年輕身體在千百年前跟現在大同小異，但是這身體一邊反抗也一邊接納的社會，卻在不知不覺中改變了結構。佐野洋子透過自己產下的生命在面對時代。面對任何事都從容泰然的她，唯有遇到跟兒子有關的事，她會判若兩人，變身為一個愚昧的母親。為了自己，她對世間無所畏懼，但為了兒子，她戰戰兢兢。這或許也是愛情這東西使然吧。

但是在我眼中，佐野洋子很稱職地經營單親家庭，每天踏實過著正經日子。她會去常去的魚店買喜歡的星鰻，開著那輛小小的紅色本田跑車撞上路標，洗臉台不小心沖掉隱形眼鏡，挖苦兒子的老師，偷偷聽森進一的唱片。另外，她還會跟貓一起鑽進暖爐桌，用五百圓的鋼筆寫下類似收錄在這本書裡的文章。

佐野洋子不喜歡擁有過多的金錢。她一點也不以貧窮為苦，卻害怕變得富有。假如碰巧書賣得好，手頭拿到一筆鉅款，她就會什麼也不考慮地胡亂買棟新房子。現在住的房子是建築師朋友設計的，但是聽說買土地的過程類似詐欺。不過這種事對她來說只是閒談說笑的話題。大部分的事她都不怎麼放在心上，也可以說她大膽。可是對於例如幽門出現潰瘍這種真正重要的事，就是能看出她這個人有多認真的最佳證據。

什麼才是她真正重要的事，我認為正確答案應該是愛，但聽到愛這個字，佐野洋子應該會不屑地哼笑一聲吧。愛對她來說，也是種令人難為情的東西（這本書的後記裡會出現愛這個字是極其罕見的例外）。佐野洋子傾盡全力寫愛而不言愛。一把愛說出口，愛彷彿就會消失，她有許多恥於說出口、寫下來的話語。這跟日本女性傳統美德的羞恥心不同，跟日本人特有面對世間的廉恥心也不一樣，這種難為情的感覺決定了佐野洋子的人生觀。這種感覺不僅規範著她的生活，也塑造了她文章的風格。

*

電話那頭傳來快斷氣般的聲音。那聲音在說「我想死」。窗外是燦爛的春日朝陽，再怎麼找都找不到想死的理由，但佐野洋子卻說她想死。就算問她為什麼，也不可能聽到什麼明確的答案。她被心情這種棘手的東西玩弄在股掌間。但那種心情很可能關乎佐野洋子這個人的本質。她說，她從小就有想死的念頭。偶爾會需要想死的念頭。這可能是她的生命能量、創作最深的源頭。

她說，想死的時候會喪失自信。大概是指失去自己該扮演的角色吧。比方說日常生活中身為母親、身為主婦的角色，還有在社會裡從事各種職業所該扮演的角色。但是所謂的角色，或多或少都是演出來的。面對無法命名的世界、話語之前的混沌時，人會迷失自己的角色。人類所創造出來的東西沒有一個可靠，人要靠著自己赤裸面對世界。這時任誰都是隻身一人，沒有什麼能提供救贖。

站在秩序的角度，混沌是不好的，健康的對極可能是疾病，可是對一個創造的人來說，混沌也是巨大的能量來源。在混沌當中，一切都尚未分化。誕生與消滅並存，快樂與痛苦同在，虛無和豐饒比肩。一切的名稱都失去意義，自己與他人消融揉合，或許可以用「愛欲」來稱呼由此誕生的產物。但是，當我們企圖要消滅一個化為習慣、逐漸僵化，淪為浮於現實中的觀念的名稱時，偶爾會分不出愛與死。不管在日常生活中扮演什麼樣的角色，佐野洋子知道，這才是我們真正扎根的地方。

鈴木先生摸摸我的頭，非常溫柔地摸。

我一動也不動。雖然一動也不動，但是眼淚好像快掉下來。

然後我覺得全身的寒毛全都立了起來，身體變得很冰。

我明明不想看，卻還是偷偷看了鈴木先生一眼。就好像被不知名的東西命令，不得不依照命令行事一樣。

鈴木先生很溫柔地看著我笑。

我覺得很想吐，但我知道不會真的吐出來。

〈九歲——初夏〉

在此書寫的情景沒有半點曖昧，但這當中寫下的「我」的情感，無法僅用一個名詞來稱呼，不能用話語以外的話語來命名。在分類為愛或者恨之前的感情起伏，就因為這種曖昧、微妙，才會具備足以讓我們不安的強烈真實性。有必要交代這是少女特有的心理變化嗎？就算如此，假如身為男人的我繼續稱之為曖昧也能有所共鳴，那麼所謂的愛欲，難道不是具備了甚至無須區分男女的深奧嗎？對佐野洋子而言，愛不是理想，而是無可逃避的現實。

這本名為《戀愛論序說》的書中，佐野洋子沒有提出任何論述。她本就不愛論述。她知道論述會讓我們失去什麼。那就是我們自己的身體。「眼淚不斷流出來」的身體，「粗魯地哈哈喘著氣」的身體，「咧著嘴笑」的身體，「『啊～啊～啊～』地抱著枕頭在燠熱棉被上滾動」的身體，讓我們感到喜悅的同時也感到厭惡的身體。但是她並不害怕這種身體，她知道，沒有這樣的身體，我們就沒有現實。

被肉、血與黏液所束縛，由活著「苦短生命」的身體產生的故事，講述著身體，也觸及超越身體的不死存在。即使什麼也不論述，佐野洋子的敘述本身就足以正確告訴我們，什麼是愛。《戀愛論序說》這名稱除了幽默和諷刺，同時也是對於嗜談知識的當代一種尖銳批判。在人人忙碌奔走的這個時代，敢斷言男女都「閒著沒事」，可不只是單純的挖苦。那或許可說是一個面對混沌的人擁有的自負。不過，這種說法佐野洋子自己聽了，恐怕只覺得難為情吧。

一九八六年

註3　宇野千代，一八九七～一九九六，小說家、設計師。本文寫於一九八六年，宇野千代當時高齡八十九歲。

看穿缺點的天分

「真是個無趣的男人。」第一次見到我長年來重要的工作夥伴，佐野女士下了這個評語，我除了訝異也覺得生氣。我認為要了解一個人需要花時間，所以並不相信佐野女士輕率的評價。「她其實也很不簡單呢」這句話，是跟我的前妻以朋友身分來往以後，佐野女士對她的評語。這句話我很認同。

佐野女士不會用地位、財產或教育來判斷一個人。我想比起一個人說的話、寫的字，她更會用這個人平時的行為舉止、待人處事來作為判斷基準。或許可以說她很有識人之明，但通常這句話都用於看見別人的優點，而佐野女士剛好相反，她有能看穿別人缺點的天分。二〇〇四年，佐野女士獲得小林秀雄獎時，我並不驚訝。因為我很早以前就知道，佐野女士的本質是個評論家。

真想聽聽老是嚷著想死的佐野洋子，會怎麼評論已死的現在。

二〇一九年一月

本書於一九八四年十一月由冬樹社發行單行本，一九八六年五月發行光文社文庫本，二〇〇〇年四月發行中公文庫本。本次單行本之發行修正了部分敘述。此外，附錄部分在光文社文庫版追加了新文〈連光寺的朝鬱〉。

本文中存在若干現今認為不適切之表現，然因作者已逝，謹維持原貌。

協力 次郎長事務所

國家圖書館出版品預行編目資料

戀愛論序説／佐野洋子 著、繪；詹慕如 譯
譯自：こどもの季節　恋愛論序説
– 初版. -- 臺北市：三采文化，2020.11
面：　公分. --
ISBN：978-957-658-433-6（平裝）

1.日本文學 2.翻譯文學 3.散文

861.67　　　　109014989

suncolor
三采文化集團

iRead 123

戀愛論序説

作者｜佐野洋子　插畫｜佐野洋子　譯者｜詹慕如
責任編輯｜戴傳欣　校對｜黃薇霓　版權經理｜劉契妙
美術主編｜藍秀婷　封面設計｜高郁雯　內頁排版｜湯富如
行銷經理｜張育珊　行銷主任｜呂佳玲

發行人｜張輝明　總編輯｜曾雅青　發行所｜三采文化股份有限公司
地址｜台北市內湖區瑞光路 513 巷 33 號 8 樓
傳訊｜TEL:8797-1234　FAX:8797-1688　網址｜www.suncolor.com.tw
郵政劃撥｜帳號：14319060　戶名：三采文化股份有限公司
本版發行｜2020 年 11 月 27 日　定價｜NT$330

suncolor

suncolor